SOCIEDADE
entre linhas e letras

O mistério dos desaparecidos
Uma história dos dias de hoje

PLINIO CABRAL

ILUSTRAÇÕES
Renato Alarcão

5ª edição

Atual
Editora

Copyright © Plinio Cabral, 2001

SARAIVA Educação S.A.
Avenida das Nações Unidas, 7221 — Pinheiros
05425-902 — São Paulo — SP
Todos os direitos reservados.

Dados Internacionais de Catalogação na Publicação (CPI)

Cabral, Plinio
  O mistério dos desaparecidos — uma história dos dias de hoje / Plinio Cabral ; ilustrações Renato Alarcão. — 5ª ed. — São Paulo : Saraiva, 2009. — (Entre Linhas e Letras)

  ISBN 978-85-357-0034-3

  1. Literatura infantojuvenil I. Alarcão, Renato, 1965-. II. Título. III. Série.

CDD-028.5

Índices para catálogo sistemático:

1. Literatura infantojuvenil   028.5
2. Literatura juvenil   028.5

Coleção **Entre Linhas e Letras**

Gerente editorial: Wilson Roberto Gambeta
Editor: Henrique Félix
Assessora editorial: Jacqueline F. de Barros
Coordenadora de preparação de texto: Maria Cecília F. Vannucchi
Revisão de texto: Pedro Cunha Jr. (coord.)/Lúcia Leal Ferreira
Valéria Franco Jacintho
Gerente de arte: Edilson Félix Monteiro
Chefe de arte: José Maria de Oliveira
Diagramação: Adriana M. Nery de Souza
Editoração eletrônica: Silvia Regina E. Almeida (coord.)
Produtor gráfico: Rogério Strelciuc
Impressão: Renovagraf

Colaboradores

Projeto gráfico: Glair Alonso Arruda
Preparadora de texto: Maria Cecília Kinker Caliendo
Roteiro de leitura: Arlete Aparecida Betini

5ª edição/ 7ª tiragem
2018

(0xx11) 4003-3061
atendimento@aticascipione.com.br
www.aticascipione.com.br

811106.005.005

CL: 810368
CAE: 602672

SUMÁRIO

PRIMEIRA PARTE 1
O sumiço 2
Mistério 4
Juca Sapato 7
"Turca velha" 9
Nem morto nem vivo 11
O Pedrão da 57 13
Um susto deste tamanho 15
Medo 17
O Dono do Mundo 20
A reunião 23
Investigando 25
A casa misteriosa 28
Uma "visita" estranha 30
Uma incrível surpresa 33
A vigilância 36

SEGUNDA PARTE 39
Caindo no escuro 40
Prisioneiro 41
Um encontro estranho 43
Passagem misteriosa 47
Um plano 50
Tentativa de fuga 54
Enfim, a fuga! 56

TERCEIRA PARTE 59
Revelação terrível 60
Busca inútil 63
Preparativos 66
Vingança e justiça 68

O autor 73

Entrevista 75

*À memória de Petronio Cabral, que partiu
para a imensidão do nada.
Silêncio: ouviremos sua voz de
ouro na eternidade.*

PRIMEIRA PARTE

O SUMIÇO

E DE repente ele desapareceu.
Sumiu.
Como se fosse uma nuvem, poeira, pé de vento.
Sumiu no ar.
Não se viu nada mais. Nem sinal.
Até as palavras desapareceram, cortadas no meio.
Estavam conversando. Ele ia dizendo:
— ...então o bacana fez uma cara de...
E não completou a palavra. Cara de quê?
A palavra sumiu com ele.
Pensou, primeiro, que fosse brincadeira. Brincadeira velha de esconde-esconde.
Mas não era.
Não havia ninguém na rua.
Pensou, é claro, o que se pensa nessa hora: a polícia ou, então, o Mandante.
Mas polícia não agia assim. Chegava aos berros, carros e homens fazendo ruído, sirene. Armas nas mãos, gritando ordens. E todos ficavam de costas, mãos na cabeça, esperando a revista.
Não havia polícia. Nada. Nem sinal. Se houvesse, eles teriam visto.
Vinham conversando a conversa de sempre. Ele contava o assalto e a cara do bacana: susto e medo.
E, no meio da palavra, sumiu.
Na beira da calçada, sem o amigo, sentiu medo. Aquele medo de sempre: alguma coisa poderia acontecer. E sempre acontecia.
Mas o acontecer era conhecido.
Agora, não. Era coisa diferente.
A rua estava deserta. Claro, pessoas passavam. E mais adiante, na avenida, ouvia-se o burburinho da multidão de carros. Mas ali, naquela curva da ruela, não havia ninguém.
O medo aumentou. Medo daquilo que não conhecia. Mistério e fantasmas rondavam sua cabeça.

Era uma coisa estranha. O amigo estava ali, falando, e logo não estava mais.

Passou a mão pelo rosto e sentiu a barba rala.

Barba Rala era o seu nome, que o nome verdadeiro já esquecera.

Estava assustado. Ninguém desaparecia assim, no meio da conversa, cortando a própria palavra.

Percorreu a pequena rua de ponta a ponta. Havia um muro baixo, depois um terreno baldio. Olhou bem. Nada. Nenhum sinal. No fim do terreno, não muito distante, os fundos de algumas casas. Ouviam-se vozes: mulheres falando. Coisa normal.

Não sabia o que fazer.

Resolveu voltar para casa.

A casa era um barraco.

MISTÉRIO

E<small>LA</small> era enorme. Redonda.

Gorda e roliça.

Dona Gorda. Coxas enormes, que os meninos olhavam cobiçando, inutilmente.

Gorda e baixinha, mas, mesmo assim, parecia olhar as pessoas de cima para baixo. Como conseguia isso, ninguém sabia. Estava embaixo, mas olhava de cima. Mistério.

Barba Rala falou com voz de susto:

— O Juca Sapato sumiu!

Dona Gorda não deu importância:

— Ele sempre some. Vive sumindo. É um demônio.

— Mas agora é diferente.

— Como diferente?

— Diferente. Desapareceu na minha frente. Eu estava junto, rente, do lado, caminhando. E ele desapareceu.

— Foi preso?

— Não.

Dona Gorda duvidou:

— Ninguém desaparece. Espera que daqui a pouco ele vem por aí. Ele sempre volta...

— Não sei, não. Foi diferente. A gente estava falando e a voz dele sumiu com ele...

A mulher não entendeu nada. Era uma fala estranha. Conformou-se, que aquilo era da vida que eles viviam.

E a vida continuou rolando como sempre rolava.

Passou-se um dia, dois, três, quatro. Um tempo grande.

Barba Rala insistia:

— Ele desapareceu. Sumiu no ar, com a palavra no meio, cortada.

Dona Gorda, enfim, preocupou-se. Olhou de cima pra baixo e decidiu:

— Vamos falar com a *sistente*...

E foram.

A assistente social era jovem. Muito jovem. Seu trabalho não tinha começo nem fim. Qualquer tentativa de organizar alguma coisa falhava. Servia apenas para fazer festinhas, que terminavam em brigas. Mas ela era útil e prestativa, especialmente para localizar meninos de rua quando eram presos. E fazia valer direitos. Batia pé. Brigava. Ia longe, defendendo interesses que ninguém entendia, nem mesmo os meninos.

Foi Barba Rala quem explicou:

— O Juca sumiu, dona Ritinha.

— Foi preso?

— Não, senhora. Sumiu.

— Sumiu como? Ninguém some. As pessoas sempre estão em algum lugar.

Dona Gorda entrou na conversa:

— Conta direito pra moça... mas sem enrolação... Não gosto de enrolação.

— Não tô enrolando. Ele sumiu. Estava andando assim, do meu lado, contando uma fala, e a fala sumiu de repente e ele também...

Ritinha voltou a insistir:

— Como sumiu? Explica melhor.

— Sumiu, sim. Parou de falar e, quando olhei, nem ele nem a fala estavam mais ali.

Ela insistiu, desconfiada:

— Não foi preso mesmo? Tem certeza?

— Não, senhora. Não havia polícia. Não havia ninguém. A fala...

— Que história é essa de fala?

— A fala que ele estava falando... partiu no meio, de repente. Então eu olhei, não assim na hora... fiquei esperando a fala... mas a fala não veio. Então olhei e não vi mais nada. Nem ele nem a fala...

Dona Gorda sentenciou:

— Então foi preso. Ele vive preso. É a minha desgraça, o meu castigo. Filho assim, pra quê?

Barba Rala continuou:

— Não foi preso, não. Sumiu, desapareceu junto com a fala...

E foi exato:

— A metade da fala... porque ele falou, continuou falando e depois se foi...

A assistente social convivia com problemas de toda sorte. Disse apenas:

— Vamos ver... vamos ver... ninguém some assim...

Barba Rala teimou:

— Mas ele sumiu... Eu vi. Do meu lado, bem assim como eu estou aqui.

JUCA SAPATO

Rita era assistente social e trabalhava na favela, sem sonho e sem esperança. Viera porque viera, mandada pela prefeitura no cumprimento de promessas eleitorais. A princípio havia um plano, que ficou no papel. A falta de verba justificava a paralisia total, aquele conformismo. Ajudava aqui, ajudava ali. Brigava, discutia, arrancava um auxílio, a merenda escolar, alguma coisa da Igreja — qualquer igreja. E nada mais, que a vida boa era dos bacanas, e os meninos de rua sabiam disso.

No distrito policial apenas um contato, porque o delegado não acreditava em recuperação ou trabalho social. Somente o escrivão Bobadila fazia alguma coisa. Mais por ela, pessoalmente, tão minguada e feia. Merecia ajuda.

Bobadila tinha fixação por questões de tóxicos. Para ele, era o grande problema. Mas seu campo de ação era muito pequeno e restrito. Escrivão, como ele mesmo dizia, era para escrever depoimentos e nada mais... Gostava daquela moça magriça, de pescoço fino e óculos de aro grosso, que lhe davam um ar de velha professora — a sua professora, lembrava bem — dos tempos de infância. Era igualzinha — só que bem mais moça... Bobadila foi logo perguntando, meio com ar de riso, meio sério:

— O que foi desta vez? Não tem ninguém preso...

Rita passou a mão pelo cabelo curto, como a tirá-lo do rosto:

— Não... não é isso... É uma coisa estranha. Um menino sumiu...

— Eles sempre estão sumindo... nas ruas, nas esquinas, nas pontes... você sabe... Ou não aprendeu ainda?

— Agora é diferente... É o Juca Sapato...

— E daí? Perdeu o sapato?

Ritinha riu. Juca Sapato podia estar nu. Mas nunca andava descalço. Muitos afirmavam que ele dormia de sapatos...

Ela explicou:

— O Barba... Conhece o Barba, não é? Estava com ele, conversando na rua. E de repente o Juca sumiu. Desapareceu no ar. Já faz uma semana. Queria saber se está preso, no necrotério, sei lá... Você pode fazer isso fácil, não pode?

— Poder não posso. Sou apenas escrivão... Mas vamos ver...

— Entendo... entendo... Muito obrigada.

E saiu.

Não tinha muita esperança. Bobadila esqueceria logo o assunto, premido por outros problemas.

Era sempre a mesma coisa. Indiferença. Descaso. Tinha que insistir, cobrar.

Entretanto, dessa vez não foi assim.

"TURCA VELHA"

BOBADILA ficara impressionado, pois não era o primeiro caso. Raptos e desaparecimentos mexiam com ele. Tóxicos de novo?

Meninos de rua desapareciam e apareciam todos os dias. Eram presos, eram soltos. Fugiam. Eram presos novamente. E às vezes morriam nas chacinas das gangues do tráfico de drogas. Ou, então, eram mortos por justiceiros. Mas nesses casos os corpos apareciam. Porque os corpos eram o "aviso", a mensagem de sangue.

A polícia conhecia seu mundo. E, nesse caso, não havia razão para uma vingança de sangue. Juca Sapato não poderia ter desaparecido assim. Não passava de um jovem de esquina, praticando pequenos furtos. Era inteligente, isso sim. Acima da média.

Foi falar com o delegado. O delegado não deu muita atenção. Coisa corriqueira, acontecia todos os dias.

— Ora, seu Bobadila... ora... Você e aquela mocinha sempre com essas histórias... Isso é um problema social... é mais profundo... não podemos resolver...

Bobadila insistiu, curvando-se todo, o que sempre fazia quando falava querendo ser ouvido, como se o corpo — que era muito alto — tornasse difícil e distante a comunicação.

— Um menino desapareceu, doutor. É um ser humano. Temos que fazer alguma coisa... doutor, é nossa obrigação...

— Bobadila, sei qual é minha obrigação... mas não tenho recursos... não há verba... não temos viaturas... não temos nem combustível... Escuta aqui, Bobadila, você sabe que nesta delegacia estou comprando munição com meu dinheiro? Sabe disso? Com meu dinheiro... Não posso mandar um policial pra rua sem munição, desarmado. Posso?

Bobadila sabia. Não disse nada. Saiu da sala naquele seu jeitão. Caminhava arcado, quase corcunda. O trabalho o fizera assim, escravo da máquina de escrever, aquele traste antigo que todos chamavam de "turca velha", porque não tinha a letra "p": em seu lugar, o escrivão utilizava o "b". Então, "primo" virava "brimo", "processo" ficava "brocesso", e assim por diante. Escrita de turco...

NEM MORTO NEM VIVO

BOBADILA estava explicando a Ritinha que não havia sinal de Juca Sapato:

— Nem dele nem do sapato...

Mas Ritinha não achara graça na piada. O menino sumira. Perdera-se no espaço.

Bobadila tinha um certo senso de humor:

— Quem sabe um disco voador... extraterrestres andam por aí aos montes...

Ritinha passou a mão no cabelo curto, ajeitando o que não tinha que ajeitar, irritada:

— Bobadila, não é hora de brincadeira... brincadeira tem hora... não tem?

— Sei, sei... mas não há muito o que fazer...

— O Barba foi falar com o Mandante...

— Quem é esse Mandante?

Ritinha ficou em silêncio. E Bobadila compreendeu que ela não diria nada.

— O Mandante garante que não sabe de nada, e quando ele não sabe ninguém sabe. Ficou até de ajudar.

— Tô fora... nesse barco não entro... Imagino o que seja isso... já ouvi falar no tal de Mandante. Nessa não me meto. É coisa grande e forte. Muita areia pro meu caminhão...

— Nem precisa entrar... é só uma informação do Barba. Esquece. Olha, a situação é a seguinte: o menino não está morto, não foi executado por gangues, não está preso, não está nas ruas, não voltou pra casa... Onde está?

Bobadila deu de ombros:

— Eu é que sei? Pra mim é assunto morto. Pelo menos o assunto está morto...

— Pois pra mim não está. Vou descobrir esse mistério...

— Ora, dona Rita, tenha dó: todo dia some gente. São Paulo é um país. É maior até que a Argentina. Tem rua que ninguém conhece, que ninguém viu. Uma pessoa some sem sair daqui e nunca mais é vista. Conhece a história da agulha no palheiro? Pois é isso. É como procurar num palheiro, seja lá o que for... Tô fora...

— Pois eu não estou... e vou fazer qualquer coisa. Não vamos voltar pro tempo dos desaparecidos, vamos?

— Mas que desaparecidos? Isso é coisa velha... Olha aqui: ninguém desaparece sem mais nem menos...

— É isso que estou tentando dizer e ninguém me ouve! Alguma coisa aconteceu e vocês não se importam...

Ritinha saiu, apressada. Nem se despediu. Estava com raiva. Mas poucos minutos depois telefonou para a delegacia. Não conseguiu falar com Bobadila. Ele já tinha saído.

Inútil procurá-lo.

O dia estava perdido.

Ritinha foi falar com Dona Gorda.

Barba foi junto.

E lá se foi mais uma esperança: Juca Sapato ainda não havia aparecido.

O PEDRÃO DA 57

Dona Gorda estava olhando de cima para baixo. Mas não dizia nada. Era muito sofrida e, para ela, uma desgraça a mais não fazia diferença. Que diferença? Tudo igual, tudo na mesma.

Ritinha explicou:

— O Juca desapareceu, não é? Temos que encontrá-lo. Alguma coisa me diz que é muito sério. Tudo acontece neste pedaço. Mas desaparecer assim eu nunca vi.

Dona Gorda sacudiu a cabeça, desolada. E queixou-se do marido ausente:

— Filho sem pai é assim mesmo. Não toma juízo. O que é que eu posso fazer? Mãe não tem pulso...

Ritinha desanimou. Mas Barba Rala insistiu:

— Vamos falar com o Bobadila de novo. Eu conheço um tira da boa, que pode ajudar. É o Pedrão, lá da 57. A gente...

Mas não completou a frase. Há coisas que não se contam, nem para os melhores amigos.

Dona Gorda concordou sem muito interesse.

Barba insistia. O Pedrão sabia das coisas. Falaria com ele.

Despediram-se naquele desânimo. Um fio de esperança: talvez Juca Sapato surgisse de repente, assim do ar, com aquela cara deslavada de quem não sabe nada e não viu coisa alguma.

Mas Juca Sapato não apareceu. Nem naquele dia nem no seguinte.

Ritinha resolveu procurar Bobadila.

Foi à delegacia.

O escrivão não estava e o delegado não quis recebê-la. Disse apenas: "mulherzinha chata". E foi tratar de outros assuntos. Trabalho é que não faltava.

À noite Bobadila apareceu. E Barba contou que Pedrão não sabia coisa alguma. Mas andava preocupado, porque tinha um afilhado que também desaparecera. E o afilhado não era menino de rua, não andava metido em gangues. Estudava direitinho e a mãe, agora, estava no sufoco.

Pedrão queria ajudar, e isso já era muita coisa. Pedrão tinha ligações importantes.

Ritinha queria fazer uma reunião. Mas Bobadila achava uma bobagem. Reunião pra quê? Dizer o quê? Falar o quê?

Ritinha insistia, e, quando ela metia uma coisa na cabeça, ninguém tirava. Ia em frente dando murro.

Barba Rala também não entendia muito bem por que deveriam fazer uma reunião. Para ele, reunião era reunião dançante. E nada mais.

Pedrão achou a ideia interessante. Estava preocupado. Aquilo não fazia sentido. A verdade é que a polícia conhecia tudo, estava por dentro da vida nas ruas. Os meninos apareciam, desapareciam, eram presos, eram soltos, eram mortos. Mas tudo dentro de um sistema conhecido. Era cruel. Mas era a verdade. A verdade das ruas. Havia um padrão.

Agora surgira algo diferente. Os meninos estavam desaparecendo.

E não apenas os meninos. Outros habitantes das ruas tinham sumido.

Marcaram a reunião. Ela deveria realizar-se no Bar do Ceará.

Era um ponto de encontro conhecido.

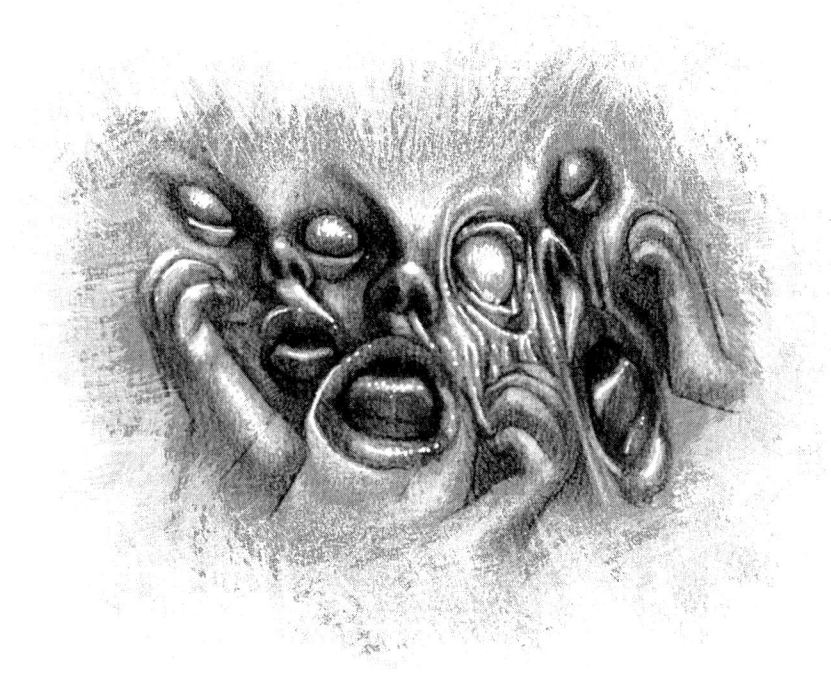

UM SUSTO DESTE TAMANHO

A REUNIÃO, entretanto, não aconteceu. Quando Ritinha chegou, não havia ninguém no bar.

Ela esperou um pouco. Depois telefonou para Bobadila. Mas Bobadila também não estava. E Barba Rala não tinha paradeiro certo.

Ritinha não sabia o que fazer. Não podia ficar ali, sozinha, todo mundo olhando. Resolveu ir pra casa, um apartamento de quarto e sala. Não era tão tarde assim. Nove horas quando muito... Cedo para dormir, tarde para sair.

Havia gente desaparecendo e ninguém fazia nada. A morte perambulava pelas ruas. Gostaria de falar com alguém, trocar ideias, iniciar uma investigação. Investigar, afinal, não era tão difícil assim. Bastava começar de um ponto qualquer e pegar o fio da meada. Ir seguindo. Havia outros desaparecidos, não havia? E para onde iam? Quem sabe? Ninguém sabe. Por que ninguém sabe? Espalhavam cartazes com retratos de meninos desaparecidos — e ficava tudo por isso mesmo.

Ritinha estava sem sono. Não conseguia dormir. Via-se, ela própria, desaparecendo. Coisa fácil. Quem daria por sua falta? Ninguém. Bobadila ajudava. Mas era uma ajuda pessoal, um favor apenas. E Barba estava assustado, como quem enxergara fantasma e não sabia como fugir. Ele insistia muito na história da palavra cortada. Estavam falando e Juca Sapato, de repente, não completa o assunto. Nem poderia completar. Desaparecera, perdido no ar.

Ritinha dormiu mal.

Sonhava sonhos estranhos. Um pesadelo. Sentia-se levada pelo espaço e depois caía num precipício muito fundo onde centenas de meninos e meninas gritavam, desesperados. Por que gritavam? Ela não sabia. Mas os gritos eram horríveis e vinham do fundo da terra. Não havia como fugir... não havia caminhos e aquilo era um buraco enorme...

Acordou de repente, coberta de suor. Alguém batia na porta com força. Por que não tocava a campainha? Estava estragada, lembrou-se.

As batidas continuavam. Alguém estava com pressa. Aflito ou assustado.

E ela também.

Levantou-se. Ia abrir a porta, quando lembrou que estava nua. Precisava vestir alguma coisa. Mas as batidas não cessavam. Gritou, desesperada:

— Um momento, por favor... alguém morreu?

Enrolou-se numa toalha e foi abrir a porta.

Na pressa esquecera de sentir medo.

Mas que surpresa naquela carinha...

MEDO

— A MÃE mandou dizer assim pra senhora, que é pra senhora não esquecer a crisma do meu irmão que é amanhã de manhã na paróquia do padre André. Mas o meu irmão não veio pra casa e ela não sabe se vai ter festa. Ela mandou dizer que é pra eu falar muito obrigada pra senhora e ir embora logo. Muito obrigada.

Mal conseguiu ver a menina que saiu pelo corredor. Tanto barulho por tão pouco. Meu Deus, pensou, já é sábado. E domingo havia a crisma daquele menino. Algo a que não poderia faltar. Não queria se indispor mais uma vez com o padre André, depois de tantas discussões.

Não sabia o que fazer. E ficou ali, pensativa. Estava confusa e tonta. Sentia o cansaço da noite maldormida. Era hora de um bom banho.

E de repente caiu em si: lembrou-se de tudo. O sono maldormido, o pesadelo, o abismo, os últimos dias... Barba, Bobadila, Juca Sapato... e o que mais?

Alguma coisa estava martelando sua cabeça. A menina batera com tanta força na porta só para dizer que havia uma festa.

Ela não esqueceria. Mas a menina dissera mais alguma coisa — que coisa?

Ritinha passou a mão pelo cabelo curto, como se ele fosse ainda longo.

O irmão da menina — era isso: o irmão que não voltou pra casa. E sem ele não haveria festa na igreja. Meu Deus, pensou, outro desaparecido!

Precisava falar com Bobadila de qualquer jeito. Olhou o relógio: 9 horas da manhã. Por que dormira tanto? Tinha que ir à regional, ver a papelada toda, assinar, despachar, enfim, a burocracia. E ver Bobadila, sem falta. Mas agora, antes de tudo, um banho rápido.

Mal entrou no chuveiro ouviu batidas na porta.

Eram batidas leves, delicadas, quase femininas.

Saiu do chuveiro e vestiu-se às pressas. Um medo frio percorreu seu corpo franzino. Sentia-se muito só no mundo, naquele bairro, naquele apartamento pequeno e pobre. Por que se envolvia em tanta coisa? Era o seu trabalho. Mas que trabalho?

As batidas continuavam, agora mais lentas, mais leves. Mas com aquela estranha persistência de quem não desiste do que pretende. E desistir por quê? Estava só. Poderia desaparecer do mundo sem que ninguém desse pela sua falta. Quem a buscaria? A mãe estava longe. O pai, morto. Bobadila? Sacudiria os ombros, indiferente, curvando-se ainda mais para escrever depoimentos em sua máquina turca. Teve um momento de riso histérico: máquina turca escrevendo "deboimento no processo...".

As batidas na porta continuavam, naquela lentidão suave que tocava nos nervos.

Parecia um filme: o assassino à espreita da mocinha solitária... Solitária, sim, mocinha nem tanto...

Tinha que abrir a porta. Seria pior não abri-la. Há quanto tempo estava ali naquele ato de vestir-se?

As batidas pararam. Teria ido embora? Quem seria? Ouviu passos no carredor. O visitante estava indo. Desistira? Por quê?

Sentia medo. Um estranho medo que nunca sentira na vida. Não tinha amigos. Ninguém a visitava. O padre, às vezes. Um vereador, fazendo política. Ia dali para a regional. Da regional para o posto de saúde. Algumas visitas, reuniões de grupo. A delegacia de polícia. Rotina, sempre rotina. Quem poderia visitá-la? Algo importante, um acidente... quem sabe? Uma vez recebera uma visita. Era um homenzinho magro, de ar cansado e inofensivo. Mas o olhar — nunca mais esqueceria — era frio, gélido. Os olhos não tinham cor. Eram duas coisas vítreas, fixas. Não se mexiam. Olhavam o infinito, atravessavam seu corpo, passavam a parede e perdiam-se no espaço. O homenzinho não a cumprimentou. Nem um gesto. Nada. Apenas aquele olhar fixo. A voz saiu metálica. As palavras pareciam bater numa folha de aço:

— A senhora pode fazer seu trabalho. Mas não se meta onde não é chamada. Certo?

Não respondera nada. Não tinha palavra, nem fôlego. A garganta secara.

Seria o homenzinho do olhar de vidro? Nunca mais o vira.

Resolveu tomar coragem.

Não poderia ficar ali eternamente.

Abriu a porta de repente.

Ninguém.

Olhou o corredor. Vazio. Mas lá nos fundos ouviam-se ainda — ou estava imaginando? — passos batendo no chão.

Resolveu gritar um grito desesperado:

— Quem é? Quem está aí?

Silêncio.

Não se ouviam mais os passos.

Mas repentinamente eles voltaram. Agora ouvia nitidamente. Eram compassados, lentos. Pareciam furtivos, coisa de alguém que estava se escondendo, que queria se ocultar malignamente.

Na ponta do corredor, um vulto apareceu. Não conseguia vê-lo inteiramente no escuro do corredor. Era algo indistinto, nebuloso. Como podia ser assim? O vulto caminhou com seus passos lentos. Vinha em sua direção.

Ritinha sentiu que as pernas tremiam. Um suor frio escorria da testa. Sentiu que ia cair, desmaiar — e era tudo o que não queria naquele momento.

Sentou-se no chão. Encostou a cabeça na parede. Fechou os olhos. E esperou. Era assim que os condenados aguardavam a morte?

Não ouvia nada. Os passos haviam silenciado. Estavam ali, tinha certeza, na sua frente.

O medo desapareceu.

O corpo ficou rijo e frio.

Passou um tempo enorme.

A eternidade era feita de um minuto sem fim.

O DONO DO MUNDO

Abriu os olhos lentamente.
Tinha que abri-los. Não poderia ficar ali para sempre.
A primeira coisa que viu foi o sapato. Era preto e bem lustrado. Brilhava.
Depois foi erguendo os olhos, subindo, subindo, passando pela roupa e chegando à camisa aberta no peito. O pescoço e o rosto com a barba rala.
Suspirou fundo e disse:
— Que susto, meu Deus... isso não se faz...
— Mas, dona Ritinha, o que é que eu fiz? Só bati na sua porta. Bati leve... não queria acordá-la se estivesse dormindo... foi só.
— Esquece... esquece... estou nervosa, dormi mal...

E ela mesma convidou:

— Vamos descer... vamos indo e conversando. Você veio aqui para falar alguma coisa, não é?

— Vim... sim, senhora. Mas a senhora me desculpe. Não gosto de falar caminhando... eu perco a palavra... vamos até a lanchonete... eu pago...

— Não se preocupe... quero apenas café e um pãozinho. Não comi nada.

Sentaram-se no balcão.

Barba Rala olhou para os lados. E pesquisou o ambiente. Não viu nada. Tranquilizou-se. Começou a falar, baixinho, quase sussurrando:

— Coisa séria. Muito séria.

Rita tomou o café. Estava quente e requentado. Horrível.

— Aconteceu o quê?

— Mais gente que sumiu...

— Mais gente sumida? Impossível! Pra onde é que esse povo está indo?

— Não sei, dona. Não sei. Mas é um pavor bem grande... O Juca Sapato não foi o único. E não são apenas meninos. A Tereca do Beco se foi... Ninguém mais viu o Dono do Mundo...

— O Dono do Mundo também?

— Também... Faz tempo que não é visto. Ele sempre anda por aqui. A Tereca do Beco, a senhora sabe, desculpe dizer, mas é chegada em caminhoneiro... Faz ponto na estrada, na saída da marginal... mesmo assim ela dá as caras. Vem trazer dinheiro pra mãe, que é entrevada. Faz duas semanas que não aparece. A mãe ficou no desespero, morta de fome. Foi então que se soube de tudo. Sumiu a Tereca, dona, sumiu... dizem que estou enrolando. Mas é a pura verdade. Ando com medo, me cuidando todo...

Ritinha compreendia.

Barba continuou:

— Ninguém mais viu o Velho... ele ficava ali, no ponto de ônibus, de chapéu na mão, com aquela cara de bobo... Não apareceu mais.

— Você falou com alguém?

— Falei com o Pedrão. Não adiantou muito. Ele só pensa no afilhado. Mas acha que o afilhado voltou pro Norte. Tem muita gente voltando... a coisa tá braba...

Ritinha não disse nada. Ficou pensativa, pensando um tempo longo. Terminou o café. Deixou de lado o pão, que estava duro. E decidiu-se:

— Vou falar com o Bobadila.

Despediram-se. Ritinha pediu:

— Não desapareça, sim? A gente nunca sabe onde te encontrar...

Barba Rala começou a rir aquele riso contido, meio envergonhado:

— Não se preocupe. Eu acho a senhora.

— Nada disso. Ou fazemos a coisa direito ou não contem comigo. Hoje mesmo, ao meio-dia, quero você aqui. Certo?

Barba Rala sorriu, agora um sorriso grande:

— A senhora manda.

O sorriso dele era meio cínico. Debochado. Ritinha teve um pensamento estranho que não esperava e corou de vergonha. Barba Rala era um moço muito bonito. Quantos anos teria? Quinze? Dezoito? O povo da rua não tinha idade... Não faltava mais nada, pensou. E passou a mão pelo cabelo curto, querendo afastar da mente qualquer ideia que lhe parecesse louca e descabida.

A REUNIÃO

Estavam todos lá: Barba Rala, Pedrão, Bobadila e Dona Gorda. Dona Gorda servia cafezinho.

Era uma reunião estranha. Rita não sabia por onde começar. Nem o que dizer.

O silêncio ia tomando conta e o ambiente começou a pesar. Dona Gorda ocupava o espaço inteiro da salinha. Mesmo assim, conseguia mover-se de um lado para o outro. E foi ela quem perguntou:

— Então? Notícias do Juca?

Ritinha respondeu:

— Nem dele nem de ninguém...

E o silêncio voltou. Pedrão disse:

— Eu queria uma cerveja bem gelada...

Não havia cerveja.

— Estamos aqui fazendo o quê?

Bobadila estava perguntando e ele mesmo respondeu:

— Não temos nada que fazer. Aconteceu e pronto. Já disse. Vim aqui em consideração... Dona Rita pediu. É nossa amiga. Mas fazer o quê?

Rita explicou:

— O povo anda sumindo...

Bobadila atalhou:

— Disso já sabemos. Qual é a novidade? Hoje mesmo vi um cartaz num ônibus com fotos de meninos desaparecidos... vocês não viram? Pois é. Acontece todo dia. E agora querem fazer uma tempestade em copo d'água por quê?

Ritinha interrompeu e disse:

— Agora é diferente. Não são meninos que fugiram de casa... Eles foram — procurou a palavra e gritou — raptados!

Bobadila não concordou:

— Rapto é outra coisa. Rapto é para pedir resgate. Ninguém rapta pobre. Ninguém. A polícia sabe disso. Um rapto é sempre de gente rica, que pode pagar grana firme para os bandidos.

Pedrão, que parecia alheio a tudo, reclamando e pedindo uma cerveja, foi quem falou com tranquilidade:

— Olha aqui, gente. A única coisa que podemos fazer é investigar por nossa conta. Não custa nada. Não é proibido. Eu e o Bobadila sabemos fazer isso...

Bobadila ia interromper. Mas Pedrão fez um sinal e continuou:

— Todo dia se faz isso... é até nossa obrigação...

— Mas o delegado...

— Bobadila, deixa o delegado. Ele nem taí, com tanto problema que tem. Vamos olhar a coisa por nossa conta... e agora, se me dão licença, vou molhar a palavra que de garganta seca ninguém vive nesse calor...

Levantou-se para sair. Mas Rita tinha espírito prático e falou:

—Tudo bem. Mas quando começamos? E por onde começamos?

Pedrão respondeu:

— Bem falado, moça. Bem falado. Amanhã mesmo, logo cedo, que é melhor. Vamos eu, o Barba e a senhora. Mulher é boa cobertura pra essas coisas. Ninguém desconfia de uma dona. O Bobadila fica na delegacia, de reserva. Se acontece alguma coisa, ele garante a retaguarda e o reforço.

Pedrão deu um risinho seco. Bobadila aprovou o esquema. Gostaria de ajudar, mas sem maiores compromissos, não fosse o delegado criar problemas. Afinal, ele era apenas um escrivão... escrevia depoimentos.

Despediram-se.

Marcaram encontro no muro, onde Juca Sapato havia desaparecido no ar, como poeira fina.

Às 8 em ponto. Compromisso certo.

— Mesmo que chova? — perguntou Barba Rala.

— Mesmo que chova canivete — garantiu Pedrão, que, logo a seguir, deixou sua pose de líder e saiu rápido. Queria uma cerveja, porque, como ele mesmo dissera, ninguém era de ferro.

INVESTIGANDO

RITINHA foi a primeira a chegar. Barba e Pedrão chegaram depois.

Pedrão foi logo perguntando:

— É aqui? Tem certeza? Olha bem, nisso não se pode errar. — E sentenciou: — Se a investigação começa errada, vai errada até o fim, certo?

Certo, concordaram todos.

E Barba Rala confirmou com segurança:

— Foi bem aqui. Me lembro como se fosse hoje. Bem aqui. Nós vínhamos vindo, falando. Isto é, ele falava. Eu estava deste lado, na beira da calçada, olhando o chão... me lembro como se fosse hoje... ele falava num... bem, deixa pra lá, num cara...

Pedrão interrompeu:

— Tá bom, tá bom, falava num bacana que assaltou... e daí?

— Daí que ele não terminou a palavra. Quando eu olhei, ele não estava mais aqui, bem aqui, neste muro. Sumiu... e foi só...

— Você olhou atrás do muro?
— Não. Na hora não olhei. Nem pensei nisso. Pensei primeiro na polícia... fiquei olhando. Depois andei pela rua toda e só então espiei o muro, que é baixinho. Mas não vi nada. Pode olhar. Tem um campinho e aquelas casas lá no fundo...

Os três olharam. Era verdade. Depois do muro baixo, um descampado e, logo adiante, algumas casas. Três. Ou eram quatro?

Pedrão comandou:
— Vamos pular o muro. Vamos lá. Não é alto. A senhora consegue?

Ritinha, magra e leve, pulou bem. Barba e Pedrão vieram logo.

Pedrão ordenou:
— Agora todo mundo olhando. Qualquer coisa serve... Olho aberto, gente!

Barba foi o primeiro:
— Aqui tem um sinal de sapato, bem fundo... ali tem uma bagana de cigarro com filtro... mais ali...

Pedrão interrompeu a festa:
— Calma aí, gente... calma... devagar, senão a gente estraga tudo... pra trás todo mundo...

Encostaram-se no muro, enquanto Pedrão, de joelhos, olhava o chão. Barba ria. Achava aquilo história de cinema, filme policial. Faltava apenas a lupa. Era uma piada.

Mas Pedrão ergueu-se de repente. Sorria, vitorioso.

Havia dois rastros de cada lado. Mal podiam ser vistos. No meio deles, dois sulcos, fundos.

— Alguém foi arrastado e os sapatos marcaram o chão. Olhem aqui! Vejam só! Olhem! Olhem! Ainda dá pra ver. Dois homens arrastaram um terceiro...

Olharam todos. E viram. Barba Rala, admirado, disse:
— Agora é fácil. Vamos seguir as pegadas e logo tudo estará resolvido. Tá na cara... o muro é baixo... dá pra puxar alguém... foi o que aconteceu... Vamos lá!

Pedrão pediu cautela:
— Não é tão fácil assim. Vamos com calma, gente, calma, que a história apenas começou. Primeiro, vamos sair daqui. Tá dando muito na vista.

Ele tinha razão. Havia movimento nas casas. Gente falando, música, muito ruído. Não podiam se expor.

Saíram, pois.

Ritinha estava excitada. Queria chamar a polícia. Mas Pedrão não concordou:

— Eu sou a polícia — disse ele.

Barba, por sua vez, queria trazer sua turma. Explicou:

— Tenho gente da pesada...

E Pedrão, sereno:

— Calma, pessoal, calma. Vamos embora...

Ritinha estranhou:

— Embora pra onde? Alguém foi arrastado por aqui, tá na cara. O que mais se pode querer? Sabemos tudo. Ele está numa daquelas casas.

Pedrão respondeu:

— Não sabemos nada. Nadinha mesmo. Apenas alguns rastros. Nada mais.

Tiveram que concordar.

Saíram, caminhando em direção à avenida. Iam em silêncio. Rita estava contrariada. Pedrão achou melhor explicar sua posição:

— Voltamos depois. Concordo... Acho que alguém foi levado para aquela casa. Foram em linha reta. Talvez para a casa do meio, a maior. Pelo que o Barba disse, deve ter sido o Juca. A coisa confere. Mas não se pode espantar a caça. Certo?

Ritinha não estava muito convencida. Mas concordou. Que mais poderia fazer?

E foi nesse momento que Pedrão esclareceu:

— Voltamos é modo de dizer. Volta um só. Certo?

Olhou para Barba Rala e comandou:

— Você volta. E examina tudo. Campana firme. Certo? É a única forma de se conseguir algo mais concreto. Aqui temos apenas alguns rastros meio apagados... não é muito.

Ninguém disse nada.

Já era meio-dia.

Pedrão sabia das coisas. Era melhor confiar nele.

A CASA MISTERIOSA

BARBA Rala conhecia a casa pelos fundos, pelo terreno baldio. Agora estava na frente. Tinha outra visão.

Era uma rua arborizada e sem movimento. Mesmo naquela hora da tarde passavam poucas pessoas. As casas eram boas. Mas estavam em silêncio absoluto.

Ficou a tarde inteira por ali e não conseguiu nada. Fixou-se na casa do meio. Os rastros levavam até ela. Pelo menos era o que tudo indicava.

Tinha marcado encontro com Pedrão às 6 horas no Bar do Ceará. Estava na hora.

Quando já ia saindo, viu um caminhão de gás. Uma boa oportunidade. Ficou à espreita.

Mas o caminhão buzinou e logo foi embora.

Barba, mesmo assim, gritou:

— Ei, moço! Não vai deixar o gás pro doutor? Qual é a tua?

O motorista respondeu:

— Aí não mora ninguém.

Estranho.

Barba ficou até as 6 horas.

Estranho, pensou. As casas estavam vazias. Mas, nos fundos, da outra rua, vira movimento, ouvira vozes, gente trabalhando. Como podia?

No encontro com Pedrão e Ritinha apresentou seu relato. Motorista de caminhão de gás conhece os fregueses. Não perde negócio. As casas estavam vazias. Não havia dúvida. Aliás, era algo que se percebia logo. Casa sem morador tinha um jeito especial. Mas e as vozes?

Talvez fossem empregados. Mas empregados comem, cozinham, necessitam de alguma coisa. Compram. Transitam.

E ali não havia nada disso.

Melhor vigiar à noite. Vinte e quatro horas.

Barba pensava numa ação direta: entrar logo na casa. Por que não?

Pedrão, porém, tinha certos pruridos. Era um policial. Invadir uma casa, mesmo abandonada, não entrava em seus planos. Tinha limites e foi logo dizendo:

— Não sei de nada... não estou ouvindo nada... Mas posso ver, na prefeitura, quem é o dono. Isso é fácil. O resto é com vocês... Sem complicação, certo?

Tinham ideia de alguma coisa. Para eles, Juca fora arrastado até a casa vazia. E ali terminava tudo.

Claro: não eram tolos. O silêncio indicava que a casa devia ser um ponto de encontro. Mas, assim completamente deserta, era algo que não fazia sentido. Um ponto dependia de estrutura. Estrutura significava gente, movimento, carros. Enfim, algo normal.

Para Ritinha, parte do problema estava claro no próprio noticiário dos jornais: rapto de crianças para venda no exterior. Mas por que os estrangeiros compravam crianças quando podiam adotá-las? Não entendia. E, pior ainda, agora não eram apenas crianças. Essa era a parte complicada e escura do caso. Adultos e velhos estavam desaparecendo. O Dono do Mundo tinha sumido, e Tereca do Beco não aparecia. O Velho não estava mais no ponto. E Juca Sapato? Juca Sapato não era uma criança que se pudesse vender para estrangeiros: era um moço, quase homem. Invendável. Além disso, um rebelde das ruas.

O problema adquiria outros contornos. Negócio complicado.

Ritinha pensava e não conseguia entender. Nada fazia sentido. Nada se encaixava. A casa deserta e as vozes na casa. Quem falava com quem?

Marcaram novo encontro. Dia seguinte no Bar do Ceará.

Despedida triste. Sem ânimo.

Ritinha telefonou para Bobadila. Foi pior. Bobadila disse apenas:

— Vocês ainda estão com isso na cabeça?

Ritinha desligou o telefone.

Queria esquecer tudo e fugir do mundo.

UMA "VISITA" ESTRANHA

BARBA Rala não conseguia convencer os companheiros.
Era um caso difícil de explicar. Risco tão grande para quê? O que havia na casa que valesse a pena um assalto? E eram três casas. Assaltar três casas? Coisa de louco. Uma só, explicava Barba: a do meio. Tinha que ser aquela.
Invadir uma casa deserta, à noite, não era problema. Problema era o risco desnecessário. Ganhar o que com isso? Barba Rala explicava:
— É um favor... devo isso e tenho que fazer. Peço apenas cobertura... alguém na rua para avisar qualquer coisa... Entro só e faço o que tenho que fazer. Ninguém se compromete. Se pintar sujeira, vocês dão o fora. É tudo.
— E vai fazer o que lá dentro, se mal pergunto?
— Nada. Quero ver uma coisa...
— Que coisa?
Barba Rala resolveu abrir o jogo. Contar tudo. Melhor assim, caso contrário não teria o apoio de que precisava:
— O Juca Sapato... vocês conhecem?
Quem não conhecia o velho Juca Sapato...
Barba continuou:
— Ele desapareceu... e acho que está preso naquela casa...
— Então é coisa da pesada!
— Não sei... mas tenho que ver. Ele é meu amigo.
— Por que não disse antes?
Passaram às questões práticas:
— De carro ou sem carro?
Barba não queria carro. Carro chama a atenção demais. Rua deserta, um carro parado... Não. Sem carro.
— E sem arma. Arma dá flagrante.
Acertaram tudo. Barba entraria na casa. Em cada ponta da rua, um deles vigiando, para sinalizar qualquer perigo. Nada mais do que isso. E quando? Barba respondeu:

— Esta noite, lá pelas 5 da manhã. É hora boa. Escuro e quase claro.

Os amigos não falharam. Estavam no ponto, na hora certa.

Passaram pela casa duas vezes. Barba Rala já havia estudado o local. Não viu sinal de alarmes, pelo menos externamente. Alarmes eram sempre um perigo. Deu-se conta do plano da casa. A construção tinha dois pisos, aproveitando o desnível do terreno. Havia uma janela lateral no térreo. Seria ali o ponto certo. Ponto bom.

Barba Rala não vacilou. Nesse momento é preciso rapidez. Rompeu a veneziana, quebrou o vidro e forçou a pequena tranca, que cedeu com um estalo. Pulou a janela. Não havia luz. Encontrou-se num cômodo escuro. Acendeu a lanterna com cuidado. O tempo era curto. Um minuto perdido seria fatal. A peça estava inteiramente vazia. Uma porta aberta. Atravessou ligeiro. Viu-se num corredor. Aos fundos, uma escada que levava a um porão.

Deixou de lado o andar térreo e desceu a escada. Talvez fosse uma garagem. Não era. Apenas um grande salão. Com a lanterna examinou tudo: havia uma cama de solteiro, duas mesinhas laterais e um balcão. No balcão, vários objetos: seringas, algodão, gaze e alguns vidros. Colocou os vidros no bolso. No canto havia uma porta. Estava aberta. Dava para o terreno que eles haviam examinado. Mesmo no escuro, concluiu que ia até o muro da outra rua. No chão notou algo estranho. Focou a lanterna: um gravador. E dois alto-falantes. Grandes. Potentes. Fitas cassete — guardou-as no bolso. Depois quebrou o vidro da porta, simulando um assalto. Não queria espantar a caça, como diria Pedrão. Subiu às pressas. Já haviam se passado 20 minutos. Muito tempo para aquele tipo de ação. Mesmo assim, correu para o andar de cima. Tinha que completar o serviço. Mas o andar de cima estava vazio. Havia apenas um escritório, mesinha e livros numa prateleira. Nada de importante. O importante era o que estava no bolso. Desceu novamente ao porão, agora correndo. E pegou o gravador. Um ladrão não o deixaria. Serviço completo. Saiu pela janela e deixou-a fechada. Estava na rua. Um assobio longo. Depois outro — e saiu caminhando como se nada tivesse acontecido. Juntou-se aos companheiros e disse apenas:

— Serviço feito.

Jogou as luvas de borracha num buraco de esgoto.

Foi direto para a casa de Ritinha e mostrou tudo o que conseguira. Não era muita coisa: as fitas... talvez fossem importantes.

O dia já estava claro. Mas tinham que esperar. Bobadila só chegaria às 9, e Pedrão mais tarde ainda. Não havia o que fazer. Poderiam ouvir as fitas, isso sim. Ligaram o gravador e caíram duros de surpresa. Jamais imaginariam aquilo.

UMA INCRÍVEL SURPRESA

Estavam ouvindo uma gravação com vozes diversas. Era muita gente falando.

A princípio não compreenderam bem do que se tratava. Foi Pedrão quem decifrou tudo:

— Gente, isso é uma cena doméstica... vida caseira, entendem? Mulheres falando, discutindo, rádio ligado... televisão, noticiário... Olha só!!! Olha só!!! É o noticiário das 7... foi isso que nós ouvimos... é uma farsa bem montada...

Bobadila chegou mais tarde. E informou:

— Os vidros continham clorofórmio... Eles anestesiam as vítimas. Vejam só que coisa!

Ritinha estava excitada e nervosa. Mal se continha:

— Bem, gente, o que mais queremos? Agora temos tudo em mãos. É só denunciar, chamar a polícia e agir.

Pedrão colocou água na fervura:

— Agir como? Não temos nada em mãos. Dois vidros com clorofórmio e fitas gravadas. Estou até vendo a cena. Três patetas e um delegado. Os patetas explicando: "Doutor, temos aqui uma denúncia com provas. Achamos isso numa casa vazia". E daí? Não temos nada de nada. Estamos ligando os fatos. E nada mais. Além disso, a casa nem dono tem. Aliás, as três casas. Pertencem a herdeiros que estão brigando na Justiça. Vi na Prefeitura, conforme prometi. Herdeiros de uma família tradicional. Nada que se possa fazer. Nada.

Agora, entretanto, quem estava animado era Bobadila. Ele disse com muito bom-senso:

— Não temos nada pra uma denúncia. Com isso, concordo. Mas sabemos que a casa é um ponto. Quando pegam alguém, levam pra lá. Apagam a vítima. Duas coisas temos que fazer: continuar vigiando, campana firme, e examinar quem são esses bacanas, se a casa está alugada... Enfim, descobrir quem utiliza a casa. Estamos até perdendo tempo. Alguém deve ir pra lá agora mesmo... é preciso vigiar sempre...

E, repentinamente, ele, que era tão desligado, tornou-se prático e objetivo. Pedrão ficou ali, pasmado, vendo tanta energia em corpo tão comprido e fraco.

— Barba fica na campana. Você disse que tem gente boa e da pesada. Mostre isso. Mexa-se. Eu e o Pedrão vamos ver quem são esses herdeiros. Afinal de contas, ninguém utiliza uma casa, mesmo desocupada, sem que o dono saiba. Gente, estamos chegando perto...

Foi quando Ritinha perguntou:

— Tudo bem. E eu? O que é que eu faço?

Ninguém respondeu. Pedrão sorriu e bateu no ombro dela:

— Você fica de reserva... Se a gente desaparece também, quem vai contar a história?

— Se vocês desaparecem não há história para contar... não é mesmo?

Verdade. Despediram-se, agora com mais entusiasmo, e cada um seguiu seu destino.

A caminho de casa, Ritinha foi pensando em tudo aquilo. Um enorme quebra-cabeça estava sendo montado. Ou desmontado. A verdade estava ali. Tão perto e tão longe... Parte da verdade. Quem desaparecia era levado para uma casa desocupada e dali sumia sem deixar um traço qualquer. Sumia — com a palavra e tudo, como diria o Barba.

Ritinha estava absorta em seus próprios pensamentos. Tão absorta que não viu o vulto que rondava ali perto. Um vulto furtivo, colado à parede, procurando ocultar-se dos transeuntes.

Era quase meio-dia. Vacilava: ir para casa ou comer alguma coisa na rua?

Distraída, levou um susto enorme quando alguém tocou seu ombro e disse:

— Me ajude, por amor de Deus.

A primeira ideia foi fugir aos gritos. Mas depois, cheia de espanto, deixou-se ficar ali, meio boba, fitando nos olhos aquela figura desesperada que implorava sua ajuda. Havia lágrimas e pavor naquele olhar.

A VIGILÂNCIA

―――――

Durante três dias e três noites, Barba Rala e seus amigos mantiveram-se firmes na vigília.

Não acontecia nada.

O movimento era normal. Os carros que passavam tinham destino certo: a avenida logo adiante. Na esquina havia um edifício, com o movimento comum a qualquer edifício, o que facilitava e não facilitava as coisas. Porteiro de edifício era bicho desconfiado.

Naquela noite estava chovendo. Uma chuva fina e fria. Mas Barba Rala não desistiu.

Aquilo, para ele, era um ponto especial. Tinha um pensamento: a única coisa que lhe restava eram os amigos. Alguns amigos, que iam se reduzindo com o passar do tempo. E Juca Sapato era um deles. Sumira na sua presença. Sentia-se culpado.

Passava da meia-noite. Estava com vontade de sair um pouco. Ir até a avenida. Tomar um café. Mas não podia. Tinha que aguentar.

De repente, na curva da rua, viu os faróis pesados de um carro. Notou a diferença. Não era um carro comum. Era uma ambulância.

A ambulância encostou no meio-fio e parou. Dela desceram dois homens. O motorista ficou esperando.

Os homens entraram na casa pela porta da frente. Não acenderam qualquer luz. Voltaram logo. A visita não durou mais que 5 minutos. Nem tanto. Entraram na ambulância, e o motorista partiu. Barba Rala anotou o número da chapa. Enfim, alguma coisa acontecera. Mas continuou ali, esperando. A noite passou lenta, como todas as noites em que se espera algo que não acontece.

Amanhecia.

Barba Rala esperou o amigo que vinha substituí-lo. E foi tomar um café. Estava cansado e com fome. O sono viria logo. Tomou outra xícara de café preto. Tinha que esperar até as 9 horas para falar com Bobadila e Pedrão. Para quem estava cansado, era muito tempo. Não queria ficar por ali. Dali a pouco, a avenida estaria cheia de pivetes roubando relógios nos cruzamentos. E Barba Rala não queria ser visto no caso de uma batida. A polícia era escassa. Mas às vezes aparecia. Não queria complicações. Ainda não eram 9 horas. Mesmo assim, resolveu telefonar para Bobadila. O escrivão já havia chegado. Contou a ele a novidade e deu o número da placa da ambulância. Bobadila foi curto:

— Meio-dia no Bar do Ceará. Deixa que eu aviso o Pedrão.

Barba Rala resolveu tomar um banho e descansar um pouco. Foi para casa. Mas não conseguiu dormir. Tudo dizia que estavam chegando perto. Perto de quê, ele não sabia. Mas perto. Muito perto.

Cochilou um pouco. Resolveu levantar-se e ir andando. Não aguentava mais aquela espera.

Pedrão e Bobadila já estavam no bar.

Bobadila informou logo:

— A ambulância é de uma clínica importante.

E Pedrão completou:

— Um dos herdeiros da casa é médico. Um médico famoso. É o dono da clínica. Justo a clínica da ambulância. Gente acima de qualquer suspeita. Tudo furado.

Barba Rala estava irritado e não sabia por quê. Disse apenas:

— Não há ninguém acima de qualquer suspeita. Quanto mais alto o galho, mais podre a árvore... vocês sabem disso melhor do que eu...

Os três ficaram em silêncio. Pensavam pensamentos desencontrados. Tinham alguma coisa nas mãos. Mas não sabiam o que era. Não conseguiam ligar as pontas.

Nisso Ritinha entrou no bar e dirigiu-se para a mesa onde eles estavam.

Não caminhava. Vinha se arrastando. Pálida, mais que pálida, parecia um cadáver ambulante. Em seu rosto, o sinal da própria morte.

Ninguém disse nada.

Ela sentou-se. Caiu na cadeira. Levou as mãos ao rosto. Queria esconder-se, fugir da vida. E começou a chorar. O corpo todo soluçava.

Soluçava naquele silêncio enorme. O silêncio das ruas barulhentas.

SEGUNDA PARTE

CAINDO NO ESCURO

De repente, sentiu que seus pés saíam do chão.
Estava flutuando.
A própria palavra fugia de seus lábios, cortada ao meio. Duas mãos fortes seguravam seus ombros como garras de aço.
Não conseguia resistir. Nem atinava para isso. Tentou debater-se. Inútil. Tentou gritar, mas não conseguiu. Perdera a palavra.
A noite caíra, também de repente.
Estava tudo escuro. Não via nada. Absolutamente nada.
Agora sentia-se arrastado. Havia duas mãos em cada braço, pegando firme.
Pensou nos sapatos: estavam sendo arrastados. E os sapatos eram novos — que pena! Iam deixando um sulco fundo no chão.
Esse foi seu último pensamento claro, pois começou a sentir uma tontura. Girava como se fosse um pé de vento.
Ia caindo, caindo, caindo.
Esqueceu os sapatos, o corpo, a própria vida.
Aquilo seria a morte?
Não sabia — como saber? Já não pensava. Não tinha pensamentos. Não se fixava em nada.
Era tudo confuso, indo e vindo, sem nenhuma direção.
Ia mergulhando, mergulhando, mergulhando.
Estava num poço escuro. E sem fundo.
Finalmente, apagou. Completamente. O corpo todo mole, sem força e sem vontade, flutuava.
A noite, agora, não tinha mais fim.

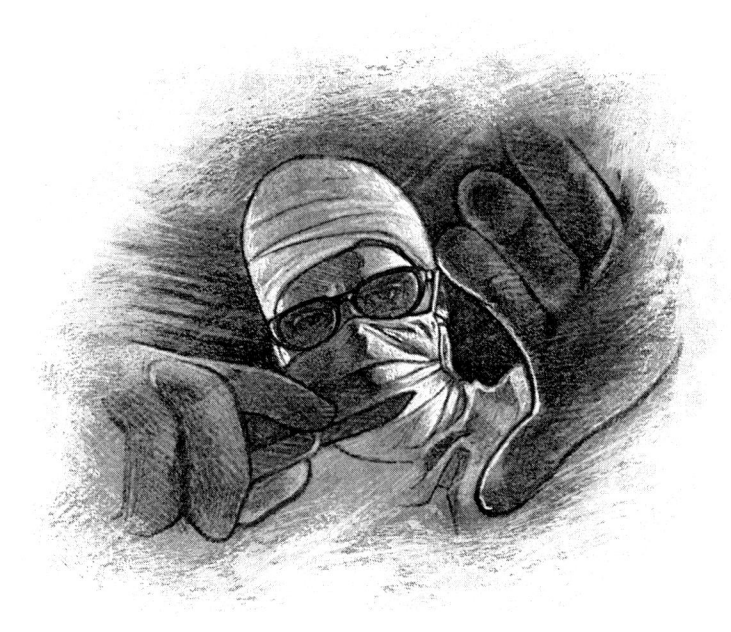

PRISIONEIRO

Acordou com dor de cabeça. Uma dor enorme. As têmporas latejavam como ressaca de bebedeira grande.

Não sabia onde estava. Era um quarto, via bem. Um quarto limpo, pequeno. Deserto. Apenas uma cama. Do outro lado, um aparador, mesa estreita. Sobre ela, vidros: dois ou três.

Não enxergava bem. Havia uma nuvem sobre seus olhos.

Não conseguia pensar. Estava confuso. A garganta seca, muito seca. Tinha sede. Tentou levantar-se. Não conseguiu. Um torpor vencia-lhe o corpo.

Estava sem sapatos. Preocupou-se. Onde estariam os sapatos, que eram novos?

Não ouviu passos. O homem entrou em silêncio e ficou em pé ao seu lado. Deu-lhe um copo d'água. Bebeu tudo. Preso não recusa nada. O que recusar agora falta depois. É a lei. Sobreviver. Fingiu-se de meio morto. Molengão. Disfarçou, torcendo a cabeça, abrindo meio olho. Viu: o homem estava de branco. Tinha no rosto aquela máscara branca, tapando boca e nariz. Mas os óculos eram escuros. Ele falou e a voz era fina, distante:

— ...entro de ...uperação...

Mal conseguia ouvir. As palavras vinham cortadas. Perdiam-se. O que estava acontecendo? Por que estava assim? E os sapatos? Recomeçou aquele giro dentro da cabeça. Ou era o quarto que estava girando?

O homem estava falando. Mas ele não entendia nada. As palavras às vezes eram grossas, às vezes finas. Inteiras ou pela metade:

— ...uperação no entro portante ude todos bem de ude e ortes... gente orte é bom... muito orte... ormir... ormir... mir... orte... ente... orte....

O que era aquilo? Que língua estava falando? Juca não ouvia mais nada. As palavras iam desaparecendo.

Dormiu. Um sono longo e agitado.

Acordou ainda cansado. Mas agora via com mais clareza: na mesa um jarro de água. Um copo. Levantou-se, cambaleante. E bebeu tudo quanto foi possível. Depois tornou a deitar-se. Estava melhor. A cabeça não girava tanto. Precisava concentrar-se. Onde estava? Nunca vira coisa igual. A limpeza. Tudo limpo, branco e alvo. Não era prisão. Não podia ser.

De repente, o homem de branco apareceu. Surgiu assim do nada. Estava a sua frente, todo de branco, o rosto escondido naquela máscara. Seria médico?

O estranho estava falando, e suas palavras agora soavam bem. Chegavam inteiras:

— Está com fome?

Não respondeu. Era melhor ficar assim. Não abrir o jogo. Não dizer nada. Tinha uma longa experiência. Sabia das coisas.

O médico — seria médico? — explicou, agora com voz completa e firme:

— Você vai para um Centro de Recuperação...

E de repente a voz do homem começou a sumir de novo, a partir-se no meio. Sentia sono outra vez... a água... era a água... bem que tinha um gosto diferente, estranho. Mas a sede era tanta, a garganta seca, a cabeça doendo, que nem pensou. Bebeu tudo. E agora... agora...

O homem vestido de branco estava desaparecendo no meio de uma nuvem cinzenta.

Não viu mais nada.

UM ENCONTRO ESTRANHO

Juca Sapato acordou num outro ambiente.
Era um quarto completo. Duas camas, mesas, cadeiras. A porta estava aberta. Mesmo assim não se arriscou. Ficou esperando. Ouvia vozes. Várias pessoas estavam falando. E algumas vozes eram conhecidas. Duas ou três. Não poderia distingui-las. Mas eram conhecidas.
Uma sirene tocou. Dois toques longos. Depois um toque breve. Viu — mais que viu, sentiu — que as pessoas caminhavam. Nisso uma cabeça apareceu na porta:
— Hora da comida. Não vem?
Levantou-se e foi. Estava com fome.
Surpresa. E surpresa grande. Ora, quem estava ali?
A porta do quarto abria para uma sala maior. Enorme. Calculou: teria mais de 10 metros de comprimento por 4 ou 5 de largura. Era, realmente, grande. Do outro lado, mais algumas portas. Contou quatro. Eram quartos. Memorizou logo: quatro quartos

de cada lado. A sala grande e, aos fundos, o refeitório. Tudo limpo, impecável.

Na parede, em letras grandes, uma tabela. Um horário: café da manhã, banho, almoço, jantar, dormir.

A surpresa eram três conhecidos. Não podia acreditar. Mas foi precavido. E falou baixinho para eles: "Não te conheço, não me conheces, tá?".

Ninguém disse nada. Apenas uma informação: "Pega um prato e vai até aquela janelinha. Eles te servem. A comida é boa".

E era mesmo: arroz, bife, ovos, batata frita, refrigerante. Mas tudo servido em material de plástico. Segurança máxima.

Sentou-se e começou a comer em silêncio. De quando em quando olhava ao redor: procurava guardas, vigilantes. Não via ninguém. Arriscou-se:

— É sempre assim?
— É... e não é...
— Como assim?
— Não precisa falar baixo... aqui ninguém te ouve...
— Ninguém?
— Ninguém. Pode gritar à vontade que não acontece nada.
— Nada?
— Nada de nada. Já experimentamos.

Silêncio. Apenas o barulho dos pratos.

Não era muita gente. Se fosse uma prisão estaria cheia, todo mundo acotovelando-se no maior aperto. Ali estavam apenas seis pessoas, contando ele. Três conhecidos: Tereca do Beco, o Dono do Mundo e o Velho. Depois havia um pequeno — teria 5 anos ou era assim mirradinho? E outro, mais velho, porém quieto, que ficava de olhos esbugalhados o tempo todo.

Estranho, porém, era o Dono do Mundo. Estava com o braço enfaixado e não era mais dono do mundo. Via-se logo, até mesmo pela tristeza. Ele ficava o tempo todo voltado para a parede, olhando a ponta do braço coberta de gaze e esparadrapo. O que teria acontecido? Onde estavam?

Juca queria informações. E conseguiria logo. Era chegar a noite.

E a noite chegou.

Como um gato, ele deslizou da cama e esgueirou-se pela porta. Seu corpo colava-se à parede, fundia-se com ela.

Havia lâmpadas pequeninas, luzes de sinalização em alguns pontos.

E nada mais.

Deu-se conta, então, de algo terrível: não havia qualquer sinal de saída — nem portas, nem janelas, nem guardas. Nada, absolutamente nada. A iluminação vinha do alto, no teto. — E de repente escurecia. Seria noite?

Era como se fosse um buraco na terra. Um túmulo.

Haveria uma porta de entrada, certamente. Mas onde? E, depois do refeitório, o que havia? Nada?

Impossível.

Mas ali estava aquele grupo, sem rumo e sem destino, colocado num buraco sem porta. O terrível, pensou, horrorizado, era o desconhecido. Algo diferente e estranho que nunca vira nem podia imaginar.

Chegou, assim colado à parede, aonde queria chegar.

Era o quarto de Tereca. Avisou logo, falando baixinho, enquanto entrava rastejando:

— Sou eu...

E Tereca respondeu:

— Vem logo...

Entrou. O quarto estava escuro. Orientou-se bem, que esse era seu ofício em qualquer noite. Ficou na beira da cama, de joelhos, muito perto. E perguntou:

— O que é isso aqui? Onde estamos?

— Não sei... não se consegue ver nada... Ninguém fala. Ninguém aparece.

— Só nós?

— Não... havia mais gente... estão sempre entrando e saindo... gente como a gente, assim de rua.

— E o Dono do Mundo? O que aconteceu com ele?

— Não sei. Saiu um dia e voltou depois com o braço enfaixado. Ele disse que foi operado e depois ficou quieto. Não fala mais nada, nem ri. Mal come... a comida é muito boa.

— Não tem veterano? Gente mais antiga...

— Não... não... aqui o mais antigo é o Dono do Mundo.

Juca Sapato pensou um pouco e foi falando:

— Porta. Tem que ter uma porta... Será no teto?

— Não pode... seria difícil entrar como eles entram... a gente nem vê... aparecem como fantasmas, de repente. E levam alguém... ou trazem alguém...

— Como assim? Com tudo claro?

— Agora que você falou eu me lembro... as luzes diminuem... fica noite... é noite...

— Então é isso... pra gente não perceber... Podemos atacá-los?

— Acho que não... são fortões... Já procurei por tudo... os talheres são de plástico... só tem o ralo do banheiro que pode se transformar em estilete...

— Bom... muito bom... Agora é ficar de olho vivo... temos que sair daqui. Sempre existe um jeito.

— Não existe... já pensei em tudo... não há como... outros já pensaram... ficamos aqui, comemos bem, engordamos e, de repente, lá se vai um, depois outro e ninguém sabe pra onde...

— Vamos descobrir... prisão tem falhas... sempre tem. Isto é uma prisão...

— Aí é que está a coisa, Juca. Isto não é uma prisão!

Juca Sapato era pequeno. Baixinho e magro. Parecia ter 12 anos. Mas já passara dos 15 e pensava como gente grande. Era campeão em fugas de asilos, orfanatos e cadeias. Tinha uma qualidade especial: pensava. Horas a fio, a cabeça baixa, sentado no chão — até que se levantava e dizia para si mesmo: "já sei... já sei...". Era a solução.

Deixou o quarto de Tereca e foi dormir. Precisava dormir. E dormir muito. Assim a cabeça ficava mais leve. Pensava melhor.

Dormiu e sonhou. Um pesadelo: estava enterrado vivo. Debatia-se para sair. E não conseguia.

Pela porta entreaberta viu dois vultos furtivos. Imediatamente, Juca arrastou-se colado à parede, quase invisível. Foi espiá-los. Eram enormes. E agarravam, justamente, o menino mirrado. O pequeno. E logo, assim de repente, desapareceram por uma passagem na parede, como se ela não existisse. Sumiram. Pareciam fantasmas. Lembrou-se de um filme: o fantasma atravessava as paredes. Mas o menino pequeno — tinha certeza — não era um fantasma. Havia uma saída, então.

Marcou o local na parede. Ali estava a solução. A porta que ele procurava.

Agora precisava dormir.

PASSAGEM MISTERIOSA

Era a hora do desânimo.
Depois do café, ninguém tinha assunto.
Não havia sobre o que falar.
Juca Sapato olhou as paredes. Sentiu-se confuso. Mas a confusão durou apenas um minuto, ou nem tanto. Foi até a porta do "seu" quarto. E dali orientou-se. Localizou a passagem dos "fantasmas". Sabia agora qual era a parede e, mais ou menos, a localização. Era algo que verificaria mais tarde. Tinham levado o pequenino. Para onde? E quem seria o próximo? Não poderia perder tempo. Precisava fazer uma pergunta importante. Tereca talvez soubesse. Perguntou:

— De quanto em quanto tempo eles levam a gente? É um de cada vez?

— Sim... um de cada vez... não sei em que tempo. Aqui é difícil saber o dia...

— Mas é no mesmo dia? No dia seguinte?

— Não. Nunca. É sempre bastante tempo depois...

Resolveu conversar com o Dono do Mundo. Foi logo direto, porque o Dono do Mundo era assim, muito falador. Para responder qualquer pergunta, fazia um discurso longo, sem fim.

— Te cortaram o braço?

— Sim... sim... não está vendo?

— Estou vendo. Posso ajudar?

O Dono do Mundo ficou pensando. Estava triste quando falou:

— Ninguém pode ajudar. Esta é a minha missão. Só eu posso sustentar o mundo. Ninguém mais. Você sabe disso. Todos sabem. Foi por isso que cortaram minha mão com braço e tudo. Fiquei cotó. O mal está em toda a parte. O fim do mundo chegou. Eu avisei. Fico triste só de pensar. Não há mais ninguém para sustentar o mundo como eu vinha fazendo. Por isso, cortaram minha mão. Me levaram à força. Eles chegaram aqui, me agarraram. Botaram um pano na minha boca. E me levaram. Quando acordei estava sem mão e o mundo perdido. É o fim... o fim... quem vai segurar o mundo como eu segurava?

O Dono do Mundo era conhecido. Uma figura estranha. Andava sempre com a mão direita erguida e aberta. Explicava:

— Estou sustentando o mundo. Se eu falhar, o mundo cai e se destrói. O mundo depende desta mão sagrada. Eu sustento o mundo. Eu sou o Dono do Mundo. Se eu falhar, o mundo cai e se acaba.

E assim ficou seu nome. Dono do Mundo.

Agora estava sem mão. Não poderia mais sustentar o mundo. O mundo estava perdido. Por isso ele chorava, triste.

Juca pensou em dizer alguma coisa, mas não havia tempo. Se não agisse ligeiro, quem estaria perdido era ele.

Só que não poderia fazer nada ali, no claro. Pelo menos diretamente. E à noite havia o perigo dos "fantasmas". Tinha tempo, é verdade. Eles haviam levado o pequenino. E, segundo a informação de Tereca, não voltariam tão cedo. Mas Tereca não era confiável. Era meio pancada. Às vezes não dizia coisa com coisa. Às vezes falava demais. Depois saía correndo. Verdade que agora estava calma. E com medo.

O dia passou lento. Muito lento.

Juca aproveitou para investigar. Espertamente, foi levando todos até a parede. Encostou-se nela como ponto de apoio. E aproveitava para bater com o calcanhar e os punhos. Não se ouvia nada. Juca sentia a parede firme. Nenhum som oco.

Foi um longo trabalho. Conseguiu examinar um pedaço. Faltava muito. Era desanimador. Mesmo assim continuou até a hora do almoço. Quando a sirene tocou, ele saiu dali, precavido. Não fossem desconfiar.

Juca concluiu que não conseguiria examinar toda a parede. Era preciso esperar outra oportunidade. Buscar outro meio. Mas, mesmo assim, prosseguiu no trabalho a tarde toda. Rendeu pouco. Ninguém queria conversar, e ele já não tinha mais assunto para mantê-los ali enquanto batia na parede.

À noite resolveu ficar acordado. Era fácil. Deitava-se de costas, estendia os braços, relaxava os músculos. Assim costumava enganar os guardas na prisão. Ou no abrigo infantil.

Não sabia quanto tempo havia se passado quando viu, novamente, os "fantasmas". Eles estavam ali, quase flutuando, enormes. Foi até a porta. Quem eles levariam agora? E se fosse ele? Poderia ser, por que não? Ou quem sabe Tereca, que estava ali havia tanto tempo?

Não houve nada disso. Ninguém foi levado. Ao contrário. Traziam algo enrolado num lençol. Um corpo. Mal conseguiu ver quando eles depositaram o fardo numa das camas. E saíram em direção à parede. Era agora ou nunca.

Esgueirou-se, rastejando como só ele sabia fazer. O corpo estava colado ao chão. Movia-se como uma serpente. Era assim que ele roubava comida no asilo. Continuou rastejando. Aproximou-se. Mais ainda. Estava perto. Muito perto. Eles poderiam vê-lo. Bastava um olhar para o chão. Mas ninguém olhou. Ao contrário. Prosseguiram. Um dos vultos estendeu o braço e empurrou a parede. Desapareceram.

Era ali a porta. Precisava marcá-la. Mas como? Com quê? Não tinha nada, nada mesmo. Pensou no ralo do banheiro. Mas se fosse arrancá-lo perderia o rumo. Não localizaria mais a porta.

Juca pensou. Ele sabia pensar. Diante dos seus olhos estava a porta. Precisava agir ligeiro. Os "fantasmas" poderiam voltar. Então estaria tudo perdido.

Não vacilou mais. Levou a ponta do dedo à boca e mordeu com força. Mais força ainda. Sentiu na boca o gosto adocicado do próprio sangue. Era isso. Sangue. Levou o dedo à base da porta e marcou muito levemente. Não queria algo que chamasse a atenção. Eles — fossem quem fossem — deviam ter alguma forma de controle. Não havia câmeras de televisão. Mas deviam espiar por um buraco qualquer, um visor, uma espécie de olho mágico — qualquer coisa, enfim.

Foi dormir. Estava cansado. Antes passou pelo banheiro e lavou as mãos.

Dessa vez, não teve sonhos nem pesadelos.

Dormiu apenas.

UM PLANO

Acordou com a sirene.
Ela zunia em seus ouvidos.
Hora do café.
Levantou-se.

Na sala comum, a primeira coisa que fez foi olhar disfarçadamente para a parede. Levou um choque enorme. Não via nada. Pelo menos assim a distância. A parede ali estava, inteira, lisa, uniforme naquela sua cor cinza-claro.

Tomou o café lentamente. Não havia pressa. As coisas só aconteciam à noite.

Depois reuniu-se ao grupo, que conversava animadamente. Estavam agitados. Queria conversar com eles na parede oposta, longe dos quartos. Mas eles não se moviam e nem ele poderia convidá-los abertamente.

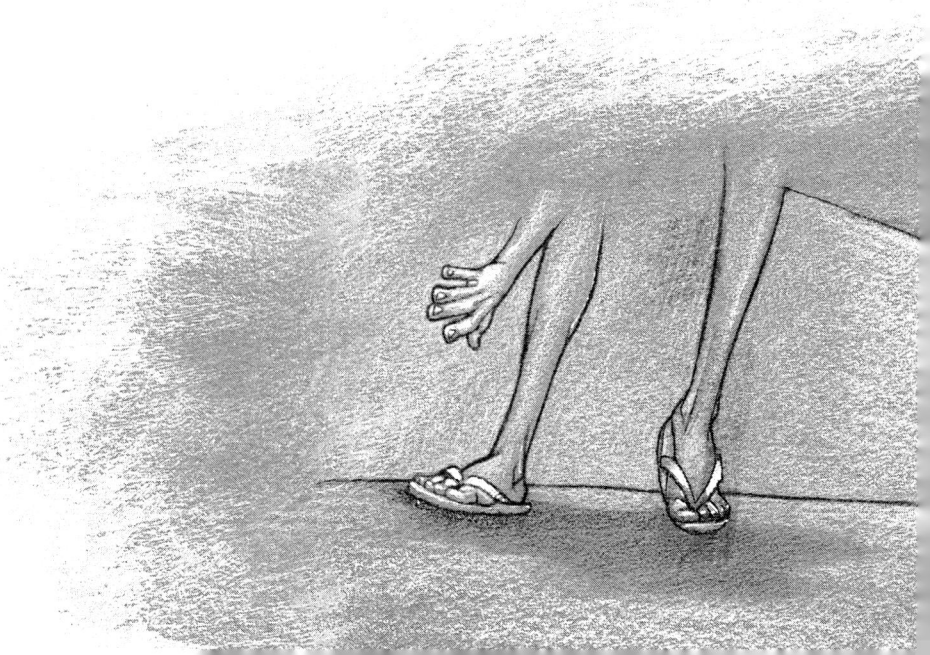

Agora sabia, mais ou menos, a localização da porta. E para lá caminhou lentamente. Abaixou-se como quem arruma o cordão dos sapatos, embora estivesse de chinelos. Onde estariam seus sapatos? Correu os olhos pela base da parede. E então viu! Ali estava a pequena mancha. Era escura, quase marrom. Muito pequena. Invisível para quem não soubesse de nada. Por ali entravam os "fantasmas". Era a porta. Tinha um trunfo nas mãos.

Para maior segurança, contou os passos. Do quarto onde estava até a porta oculta. Não fosse a pequena mancha desaparecer.

Voltou a reunir-se ao grupo. Estavam tão animados por quê?

O pequenino havia voltado. Era o fardo que ele vira à noite.

Estranho, muito estranho. Geralmente ninguém volta. Era um mergulho nas sombras. Acontecera com o Dono do Mundo e se repetia, agora, com o pequenino.

O menino tinha um curativo imenso no olho esquerdo. Gaze e esparadrapo cobriam quase metade do seu rosto.

Ele não sabia de nada. Acordara assim, ali mesmo. Lembrava-se apenas da voz que recomendava: "Não tire isso daí! Não tire isso daí. Não toque, senão vai doer muito".

À noite os "fantasmas" apareceram. Entraram no quarto do menino. E saíram. Sem nada. O menino ficou. Haviam trocado o curativo.

E, logo que eles "atravessaram" a parede, Juca Sapato foi examinar a porta. Era o que já desconfiava: a porta estava fechada por fora. Difícil abri-la. Mas não impossível.

Era por isso que ele ficava sempre no banheiro: torneira aberta, na laje de cimento ia afiando o canto do ralo que já se transformava em lâmina bem cortante.

Voltou para a cama.

Tinha um plano.

Nisto viu um vulto no chão. Assustou-se. Mas logo descobriu quem era: Tereca. Falava aos solavancos. Estava apavorada:

— Eu ouvi tudo...

— Tudo o quê?

— A conversa deles...

— Deles quem?

— Dos "fantasmas"... Agora mesmo... eu fui até a porta do quarto e ouvi o que eles estavam conversando. Foi pouca coisa. Um falou assim: "Não tem perigo. O trabalho foi bem feito... o outro olho pode ser aproveitado". Aí eles riram baixinho e o outro disse: "Tem mais coisa pra se aproveitar, não é? A mão do louco foi bem aproveitada... e tem outra mão se for preciso...". Juca, estão aproveitando o corpo da gente? Você sabe o que é isso? Não entendi essa história de aproveitar a mão do louco. Será a mão do Dono do Mundo? Tem que ser, não é? Mas pra quê?

Tereca era boa pessoa. Mas não conhecia muita coisa da vida.

Juca não respondeu.

Estava confuso.

Os pensamentos borbulhavam, indo e vindo num emaranhado sem fim.

Aquele era um mundo estranho e desconhecido. Estava acontecendo algo brutal.

Uma coisa era certa: não havia mais tempo a perder. Não fossem lá aproveitar um pedaço do seu corpo. E foi então, com esse pensamento louco, que percebeu tudo. Tudo.

Foi como se um raio tivesse caído na sua cabeça. Estourou por dentro do seu corpo. Um frio, algo gélido, cobriu sua pele. Ficou rígido como uma estátua.

Tereca assustou-se.

E achou melhor sair. Já era tarde.

Juca continuou ali. Rígido. Inerte.

Sentia-se morto. E seus pensamentos vagavam, vagavam... muito longe dali... Estava entrando no bar quando eles começaram a rir, olhando para ele. Conhecidos e desconhecidos riam e riam. A televisão, no alto do armário, transmitia o noticiário. Era uma notícia do estrangeiro que ele não entendia. Mas a conversa toda girava em torno dele e, depois, em torno de outros. Era uma conversa louca. Não tinha sentido. Gravou algumas palavras exatamente por isso: era terrível. Em torno da mesa de bilhar, os

jogadores falavam também, entre uma tacada e outra. E riam. Por que riam tanto? O próprio Barba Rala, seu melhor amigo, estava naquela gozação com ele:
— Será que ele vale?
— Não sei, não. Muito magro.
E outra tacada. Bola que ia naquele estalo seco.
— Não vale, não.
— Mas alguma coisa sempre se aproveita...
— Tô te dizendo... é muito magro. Quem que vai querer?
— E mulher, o que é que vende?
Mais risos.
— Mulher? Bem, depende...
— Depende de quê?
— Se é por dentro ou por fora. Por fora, tem boa e tem ruim, tem bonita e tem feia, peituda e sem peito... Agora, por dentro, é tudo igual, que nem morto...
Foi quando resolveu perguntar qual era o assunto. E alguém explicou a reportagem da televisão: comércio de órgãos. Perguntou:
— Vendem o quê?
— Tudo, é claro. Rins... É, rins é o principal. Boa grana... tá interessado?
— Bobagem. Quem vai comprar isso?
— Muita gente... doentes... Hoje trocam tudo no corpo... Tem até fila esperando. Você não lê jornal?
Não lia.
E foi quando todos explodiram em gargalhadas — porque alguém tinha insinuado que também "aquilo" se vendia. E quem fosse menos favorecido poderia trocar...
Pouco a pouco, mudaram de assunto.
Transplante de órgãos era coisa rara. Notícia de jornal. Dava certo. Não dava certo. Alguém morria e doava olhos, rins, fígado. Parte do corpo continuava vivendo.
Mas ali onde estava, preso entre quatro paredes, num buraco, era diferente.
Os vivos eram os "doadores".
Tinha que agir, e agir logo.
Jogar tudo numa só cartada.
Estava condenado.
Condenado à morte. Morte lenta, aos pedaços.
Não tinha nada a perder.

TENTATIVA DE FUGA

O RALO era bem longo. Tinha uns 10 centímetros por 40. Assim comprido ficava mais fácil de manejar. Sorte. E uma das quinas estava bem afiada e cortante.
Mortal.
Esgueirou-se pelas paredes até a porta. Era fácil. Tantas vezes estivera ali que conhecia o rumo certo.
Com os dedos ágeis foi apalpando até encontrar uma saliência. Era o lado da abertura da porta e não o das dobradiças. A saliência estava dissimulada pela pintura. Não se via facilmente. Nem eles tentavam ver, mesmo quando estava claro. A não ser ele, ninguém procurava nada.
Começou a trabalhar com calma e determinação. Introduziu o estilete naquele vão minúsculo. Mas o ralo era maior. Tinha mais espessura. Era preciso força e firmeza. Ao mesmo tempo, não poderia fazer ruído. E se houvesse uma sentinela do outro lado? Afinal, aquilo poderia ser uma espécie de presídio.
Trabalhava um pouco e, depois, esperava.
Nada.
Podia continuar.
Continuava.
As mãos estavam sangrando e o suor molhava o corpo todo.
Estava cansado. Mas não podia desistir. Imaginava-se esquartejado, vendido aos pedaços num grande açougue humano.
Então redobrava a força.
O estilete ia entrando pouco a pouco. Ainda bem que o ralo era de ferro antigo. Se fosse alumínio já estaria todo torto.
Mas não bastava entrar naquela fresta pequena, estreita. Tinha que subir com ele até encontrar a fechadura. Teria tempo? E se fossem duas fechaduras?
Parou. Precisava descansar um pouco. O braço estava dormente. Formigava todo. Moveu os dedos: quase paralisados. Há quanto tempo estava ali? Não sabia. E a maldita fechadura, onde ficava? Começara um pouco abaixo da metade da porta.

Não poderia começar acima da fechadura. Poderia perder todo o trabalho.

Sentia um torpor pelo corpo.

Estava cansado.

Mas não podia desistir.

Não podia.

Voltou ao trabalho.

Enfiou o estilete na fresta estreita e começou a empurrá-lo para cima. Lentamente. Com força. Com firmeza.

Ele ia subindo aos poucos.

Chegaria lá. Depois teria que trabalhar a fechadura. De que tipo seria?

Não adiantava pensar.

Mais força.

A mão sangrando. O suor escorrendo. O braço formigando.

E de repente... de repente a porta se abriu!

À sua frente um corpo imenso, roliço e preto.

Dois olhos medonhos estavam cravados em seu rosto.

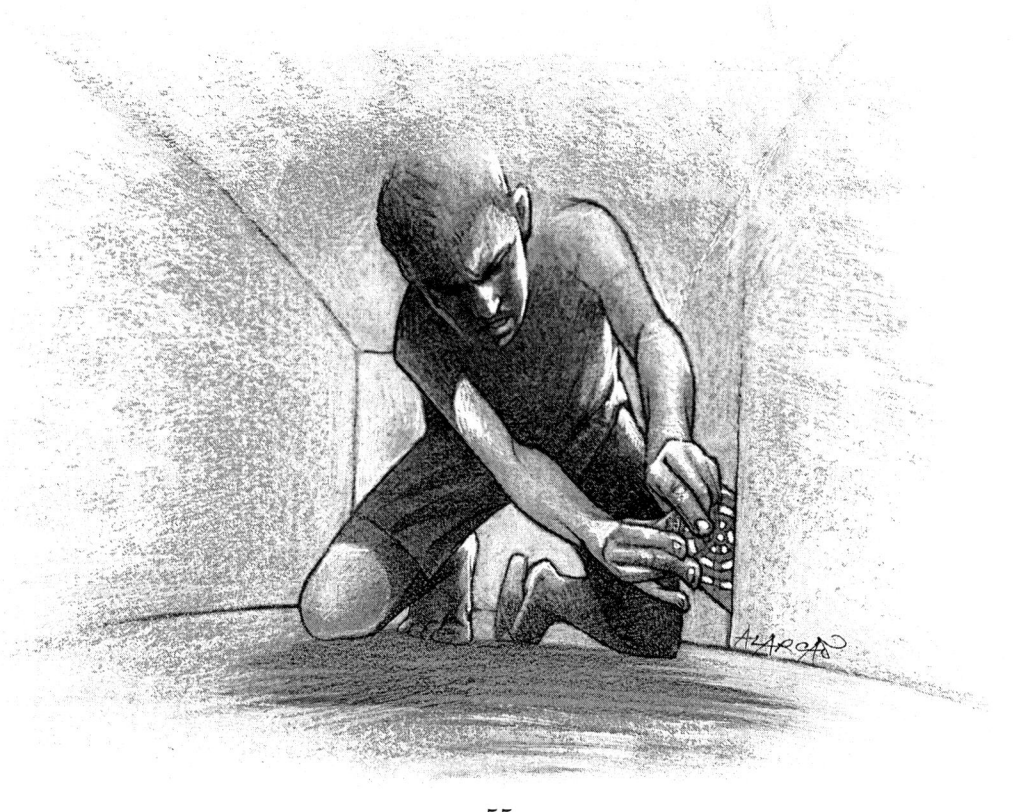

ENFIM, A FUGA!

A voz, entretanto, era suave. Doce.
— Calma, calma, sou amiga. Vim ajudar.
Ela entrou. Era negra e gorda. Falava baixinho. Explicou:
— Trabalho aqui. Mas só agora descobri tudo... É horrível... uma coisa louca... Você tem que fugir e avisar a polícia... Fugir agora, já! São 3 horas da madrugada. Não tem muito tempo. Às 7 começa o movimento. Eu te mostro o caminho. Coragem, meu filho, coragem. Vamos, vamos logo.

Pegou-o pelo braço e os dois começaram a subir a escada. No topo havia um alçapão, que ela abriu.

Saíram para um corredor muito comprido. Depois entraram numa porta lateral. Mais um corredor. Outra porta, que ela abriu. Explicou:

— Ali é a cozinha e a despensa. Sai por ali e pula o muro. Vai dar num terreno baldio. Atravessa e segue à direita. Evita a estrada. Vai em frente que logo tu te achas. Estamos longe da cidade... uns 10 quilômetros. Pega este papel. É o endereço daqui. Vai com Deus. E não te deixa agarrar. Aproveita agora que a segurança é fraca. Por amor de Deus, não te esquece dos outros. Avisa, viu? Vai logo... que a Virgem te acompanhe...

Os olhos, via agora, não eram medonhos.

Eram doces. E a pele negra parecia um veludo suave e aconchegante.

Ia dizer qualquer coisa. Agradecer.

Mas não tinha tempo. Queria sair dali. Desaparecer. Ganhar distância. Saiu correndo e pulou o muro. Fácil.

O cansaço desaparecera.

Custou um pouco, mas logo orientou-se. Era um bairro fino: condomínios, loteamentos fechados. Conhecia.

Mas tinha que evitar a estrada. Caminhou através dos arbustos e do mato ralo. Havia barro. Chovera, certamente.

Começou a correr. Precisava aproveitar o que restava da noite e ganhar distância, fugir dali.

Mas a corrida era penosa. Os arbustos arranhavam o rosto, o corpo, rasgavam a roupa. E isso era ruim. Não poderia entrar na cidade como um louco fugido do hospício. Dava na vista. Também, o que poderia acontecer?

Agora vinha a parte mais perigosa. O rio. Não poderia atravessá-lo. Teria que ir pela ponte. E a ponte significava estrada. E na estrada morava o perigo.

Procurou arrumar-se um pouco. Inútil. Na corrida, rasgara a roupa, arranhara o rosto. E as mãos, especialmente a mão direta, estavam em cacos.

Teve uma ideia. Lavar o rosto no rio. Inútil. O rio estava poluído. Era um lodaçal. Mesmo assim, viu, perto, uma poça. Não muito limpa. Mas servia. Precisava tirar o sangue. Sangue provocava desconfiança.

Sentia-se melhor. Mais limpo.

O dia estava clareando. Ruim.

Da estrada vinha o barulho dos carros passando. Bom. Carro não liga pra ninguém, nem quando atropela...

Subiu para a estrada. Era um barranco difícil. Mais problemas e, sobretudo, mais barro e sujeira.

Na estrada dirigiu-se para a ponte. Atravessou, aparentando calma. Estava quase chegando ao fim, quando um carro parou.

Olhou de esguelha. Era um caminhão. Pequeno. Melhor. O caminhoneiro perguntou:

— Está perdido?

Mostrou humildade. Encolheu. Queria ficar menor. Pequeno. Bem pequeno.

— Não, senhor.

E acrescentou:

— Trabalho aqui, na chácara do doutor Ataliba.

Duas coisas que aprendera: tinha que dar um nome — as pessoas acreditavam em nomes — e tinha que falar "doutor". Acrescentou:

— Obrigado. Mas eu fico aqui mesmo, depois da ponte.

O caminhão arrancou.

Poderia ter pego uma carona. Por que não? Muito perigoso. Não poderia arriscar. Companhia significava perguntas. E perguntas pediam respostas. Muito complicado.

Depois da ponte saiu da estrada.

O dia estava clareando.

Estava com fome.

Não tinha um tostão no bolso.

Agora já se via a cidade, os primeiros bairros. As ruas.

Sentia-se melhor. A rua era o seu elemento. Na rua ele era imbatível. E nela ninguém notava um menino sujo. Podia até pedir algum dinheiro nos cruzamentos. Sempre funcionava, especialmente com madames e bacanas.

Mas não queria arriscar nada. Um rolo qualquer, polícia, e estaria tudo perdido. Tinha que seguir seu rumo. Mas que rumo?

Agora estava na cidade. Sua zona ficava do outro lado. Uma boa caminhada. Pra casa? Nem pensar.

Passara o medo.

Continuou andando. A fome apertava o estômago. A sede queimava a garganta. E o cansaço — como estava cansado! Às vezes tinha a impressão de que não conseguiria mover os próprios pés. Mas era preciso continuar. E continuar firme, sem chamar atenção.

Para onde ir?

Foi então que se lembrou da assistente social. Dona Rita. Ritinha, que vivia por ali na Regional, no posto de saúde, querendo ajudar sem ajudar ninguém. Coisas da vida. Mas ela servia. Tinha boa vontade e não dedava ninguém. Ao contrário. Morava onde? Sabia mais ou menos. A rua, pelo menos, era aquela. Tinha certeza. Era só rondar por ali. Esperar.

De repente viu — era ela.

Aproximou-se cautelosamente e pediu, com ar de súplica:

— Me ajude, por amor de Deus. — ... E pensou que a moça fosse desmaiar de susto.

TERCEIRA PARTE

REVELAÇÃO TERRÍVEL

RITINHA controlou-se e parou de chorar.
Mesmo assim, permaneceu um longo tempo em silêncio.
Ninguém disse nada. Não havia o que dizer. Estavam esperando.
Por fim, ela falou:
— Vocês não imaginam o que está acontecendo. É um horror.
Parou um pouco. Tinha dificuldades para contar o que ouvira de Juca Sapato. E foi por ele que começou, para espanto de todos:
— Juca Sapato apareceu.
— Apareceu? — perguntaram todos ao mesmo tempo.
— Apareceu. Está escondido. Eu escondi. Conseguiu fugir...
Pedrão perguntou:
— Então o lazarento estava preso, e a gente aqui dando tratos à bola...
Ritinha explicou:
— Estava preso, sim. Mas não em prisão comum. Preso numa espécie de hospital. Hospital de transplantes de órgãos. As pessoas desaparecidas serviam para isso. Carne humana. Venda de órgãos...

Pedrão foi o primeiro a duvidar:
— Não acredito. E gritou, bem alto: — Não acredito!
Ritinha não sabia o que dizer. Não previra aquilo.
Barba Rala estava em silêncio, casmurro, pensativo. Ele acreditava em tudo. Bobadila não sabia o que dizer. Não estava entendendo nada. Perguntou:
— Você tem provas?
— Ora, Bobadila. Que provas? O Juca saiu de lá, contou tudo. Tem o endereço e tudo. É fácil verificar.
Pedrão foi prático:
— Com a fuga dele não tem mais prova. Essa gente não é boba.
Rita teve uma inspiração:
— Como é o teu afilhado?
— Como é o quê? Não entendi.
— O Juca me contou que lá tem um menino pequeno, mais ou menos 6 anos... Já perdeu um olho. Perdeu, não. Arrancaram! Seis anos.
— O meu tem mais, 8 anos, se não me engano. Mas parece 5. É miudinho.
— Como é o nome dele?
— Antônio.
Rita suspirou. Mais um lance perdido.
— Então não é ele... é outro... Chama-se Nico.
Parecia uma verdadeira mola: Pedrão deu um salto.
— É ele! O Nico. É o apelido. Sempre foi Nico. Acho que nem ele sabe o nome verdadeiro... Vamos lá, pessoal. Vamos ver isso de perto.
Agora era Rita quem pedia calma:
— Devagar, gente, devagar. A coisa é séria. Precisamos fazer tudo direitinho e certo.
Foi uma conversa longa.
Juntaram as pontas, conferiram os dados. Acertaram tudo. Até quem deveria falar: Pedrão. Ele tinha prestígio entre os colegas. Mas estava muito nervoso.
O delegado ouviu com atenção. Mas não estava acreditando:
— É coisa de televisão. Há venda de órgãos, todo mundo sabe. O governo já proibiu. Mas é voluntário. Vocês sabem que há quem venda sangue para transfusão? Mas raptar crianças para vender seus órgãos, isso não. É impossível. Quem faria uma coisa dessas?

Ritinha tentou argumentar:
— Ora, doutor. A venda de escravos não é a mesma coisa?
Pois é. Até bem pouco tempo havia comércio de gente. O dinheiro tem mais força do que se pensa. E drogas? Não é o mesmo que vender a própria morte?
O delegado pensava, cabisbaixo. Pedrão insistiu:
— Doutor, não custa investigar.
O delegado em silêncio.
Ritinha apresentou uma sugestão:
— Pode-se fazer uma inspeção de saúde. É um hospital, não é? Uma clínica, não é?
O delegado concordou imediatamente. Era uma boa solução. Salvadora. Não havia compromisso nenhum. Ele temia o escândalo. Entrar numa fria. A imprensa batendo forte e sua carreira indo pro lixo. Um ridículo sem tamanho que marcaria toda sua vida. Mas uma inspeção de saúde era coisa diferente. Rotina pura. Mandaria um investigador junto. Homem de confiança. Não confiava no Pedrão, que estava de sangue quente. Faria besteira na certa.
Ritinha levantou-se. E concluiu:
— Eu vejo isso no posto de saúde. É fácil. Ninguém vai desconfiar.
Deixaram a sala do delegado mais confiantes.
Se vissem alguma coisa, o inspetor daria o flagrante. Se não encontrassem nada, tudo bem. Fajuta ou não, era apenas uma inspeção de saúde. Sem compromisso.
Marcaram data e hora para novo encontro.
Pedrão queria ir direto.
Impossível. Precisavam de um dia, no mínimo, para organizar tudo.
Naquele instante, Ritinha viu algo na rua.
E ficou ali, parada, perplexa.
Não acreditava no que estava vendo.
Impossível.
Mas era verdade.
Estava ali, à sua frente... bem ali. Não sabia o que dizer nem o que fazer.
Resolveu ficar em silêncio. Era melhor.

BUSCA INÚTIL

Saíram cedo.

Ritinha conseguira algo milagroso: um carro oficial. E ela mesma disse:

— Não me perguntem como.

E riu, brejeira.

Eram quatro: o inspetor, Ritinha, Pedrão e Bobadila, que se disfarçara de médico. Coisa fácil, bastava vestir-se de branco. Mesmo assim, parecia ridículo. O jaleco era curto.

Mas eles não pensavam em nada. Queriam apenas entrar na casa.

Era uma construção de certo porte, no centro de um terreno grande. Na fachada um letreiro informava: Clínica de Recuperação.

Eles já sabiam. A clínica dedicava-se a repouso de pacientes que haviam passado por cirurgia de transplante de órgãos. Algo fino e caro. Tudo estava conferindo.

O que não conferia era a facilidade da visita. Fácil demais.

Pedrão temia uma cilada. E avisou Bobadila.

Mas não aconteceu nada.

E Ritinha desconfiava da razão de tanta facilidade. Melhor: tinha certeza. Não encontrariam coisa alguma.

Apresentaram-se com cara de quem faz serviço de rotina.

Ritinha identificou-se para a recepcionista, que logo chamou alguém da administração. Era um homem enorme. Seria um dos fantasmas?

— Inspeção? Mas que prazer... Entrem, à vontade. O que desejam ver? Aqui não temos serviços hospitalares completos. É apenas uma casa de repouso. Claro que atendemos emergências. Temos um ambulatório ultramoderno, mas pouco usado... Vamos, entrem, entrem. Um cafezinho?

Agradeceram.

A visita foi lenta a princípio. Ao final andavam ligeiro: quartos, alguns pacientes em repouso, o ambulatório que o "doutor" Bobadila examinou com mais atenção. E nada mais.

A decepção era completa.

Mas Pedrão não se conformava. Insistiu:

— O prédio não tem outros cômodos? Pelo declive do terreno parece que há mais alguma coisa.

O atendente foi solícito:

— Tem, sim. Vou mostrar. É um depósito. Venham comigo.

Pedrão cochichou para Bobadila:

— Te prepara. É agora. Fica aqui, enquanto eu vou com ele.

O atentende insistiu:

— O senhor não vem, doutor?

— Não, não. O que me interessa é a parte médica...

Procurou um lugar estratégico. Viu os seguranças na porta. Em qualquer estabelecimento havia segurança. Era moda e era uma loucura.

Ritinha, Pedrão e o investigador chegaram ao fim do corredor. Havia uma escada larga e bem iluminada.

Desceram.

Era uma sala grande e vários quartos abertos. Havia caixas empilhadas irregularmente.

Pedrão e o inspetor começaram a examinar os quartos. Depois foram ao banheiro. Pedrão olhou o ralo. Era novo, de alumínio. Novinho.

Rita, disfarçadamente, olhou a porta de entrada. E viu: no rodapé o sinal de sangue, ainda perceptível. E na fechadura, embaixo, o sinal claro do trabalho de Juca Sapato.

Agora eles estavam voltando.

O atendente perguntou:
— Desejam ver mais alguma coisa?
Ritinha respondeu:
— Não, não. Estamos satisfeitos. Enviaremos cópia do relatório. Mas está tudo em ordem. Em boa ordem.
Na rua ela explicou:
— É aqui mesmo. É aqui. Vi na porta os sinais do estilete...
E Pedrão confirmou:
— O ralo do banheiro é novo, novinho.
Não havia dúvida. A casa era aquela.
Foi então que Ritinha confessou:
— Eu hoje vi o Dono do Mundo. Realmente estava sem a mão direita.
Sorriu, amarga, e continuou:
— Ele segurava o mundo com a mão esquerda, muito satisfeito.
Pedrão disse, pensativo:
— Vai ver soltaram todo mundo. Estamos num mato sem cachorro. Não temos nenhuma prova.
Na delegacia, relataram a diligência. E confirmaram:
— É lá mesmo.
Antes que o delegado dissesse qualquer coisa, o telefone tocou. Era Pedrão, que tinha ido para casa. Estava furioso: o afilhado aparecera. Mas sem um olho.
E Ritinha, desanimada:
— Pois é, doutor. Estão todos na rua. Daqui a pouco aparece a Tereca, o Velho, todo mundo...
E riu, sem graça:
— ...e, por falar em mundo, o Dono do Mundo já está firme, garantindo a segurança do planeta... com a mão esquerda, é claro.
O delegado estava pensando:
— Vamos fazer uma investigação sigilosa. Fiquem tranquilos.
Ritinha sabia que o assunto estava encerrado.
Não haveria investigação alguma.
Era sempre assim.
Um beco sem saída.

PREPARATIVOS

Estavam os três sentados em torno da mesinha.
Dona Gorda servia café e biscoitos.
Ritinha tentava dissuadi-los:
— Não adianta nada. Violência não resolve.
Mas Juca Sapato insistia:
— Não é violência. Eles devem saber que a gente sabe, e a gente tem que agir. É isso.
E Ritinha:
— Vamos esperar a investigação.
E Juca:
— Besteira. Não acontece nada. Está tudo resolvido. Contamos pra senhora porque a senhora foi legal. É isso. E agora vamos indo...
Barba Rala ergueu-se. Estendeu a mão:

— A gente se encontra, dona.
— Não façam bobagem, por favor. Pensem bem.
Juca sorriu:
— Não se preocupe. Vai ser sopa.
— E os doentes lá dentro?
— Tudo pensado. São três só, não é? Fácil, muito fácil.

Na verdade, não estavam pensando nisso. Queriam destruir a casa.

Despediram-se.

Rita ficou preocupada. Pensou em avisar Bobadila ou Pedrão. Mas seria dedurá-los. Não faria tal coisa. Nunca. Era melhor esquecer tudo.

Esqueceu.

Mergulhou no trabalho do dia a dia.

Até que soube da notícia. Primeiro ouviu pelo rádio. Depois na televisão. E foi naquela hora, ao vê-lo morto, que aquele pensamento estranho voltou a martelar em sua cabeça: Barba Rala era um moço muito bonito.

Que lástima.

Rita sentia-se, agora, mais só do que nunca.

E começou a chorar em silêncio.

VINGANÇA E JUSTIÇA

Agora estava tudo certo.
Faltavam apenas os detalhes.
Mas eram detalhes decisivos.
Optaram por dinamite e granadas.
Coisa curiosa: para eles era mais fácil conseguir granadas do que dinamite. Onde havia dinamite?
Juca começou a pensar, que pensar era seu forte:
— Pedreiras. Barbada. Ou se compra ou se rouba. Granadas é com o velho Ezequiel.
Barba Rala concordou:
— Deixa comigo. Eu falo com o Ezequiel. Tu vê a dinamite. Carga grande, não esqueça.
— Certo.
Separaram-se.
Juca localizou a pedreira. Eles usavam dinamite para explodir as pedras. O que faziam com aquelas pedras?
Descobriu o zelador. Era um homem de meia-idade, já grisalho. Pelo jeito, não ia ser fácil. Conhecia as pessoas, assim de olhar.

Ficou um dia por ali. Aguardou a hora certa. Depois foi até o depósito. Falou:

— Moço, será que tem vaga por aqui?

O homem respondeu, seco:

— Não. Despediram um monte... Sem vaga.

— Tá tão duro assim?

— Não há mais trabalho...

— Vocês arrancam as pedras no pulso?

O homem gostou da pergunta. E explicou:

— Não, não. Primeiro a gente explode com aquilo.

E apontou para as caixas de dinamite.

Juca agradeceu. E foi saindo.

Memorizou o telefone. Viu bem as caixas, o local. Precisaria de quantas?

Poderia render o zelador e assaltar o depósito. Fácil. Mas não gostava da ideia. Esse tipo de ação às vezes dava zebra. Escolheu outro caminho. Um ardil.

No primeiro orelhão, telefonou. E disse com voz assustada:

— É da pedreira? Estão chamando o senhor em casa com urgência.

— Aconteceu alguma coisa?

— Não sei. Aqui é da padaria. Só pediram pra chamar.

Desligou. E chegou a tempo de ver o zelador saindo.

Estava escurecendo.

Arrebentou o cadeado e entrou rápido. Carregou seis caixas. Mais um pacote com estopins.

Nesse mesmo instante, Barba Rala estava conversando com Ezequiel:

— Preciso de granadas.

— Granadas? Não tenho.

Barba Rala sabia como tratar com o traficante de armas:

— Tem, sim. Quero quatro e mais uma. Para teste.

— Você enlouqueceu? Quer fazer uma guerra?

— Sem perguntas. Não é assim? Quero granadas que funcionem. Diga o preço.

Ezequiel deu o preço. Era alto. Mas Barba Rala não reclamou. Nesse negócio não havia espaço para muita discussão. Cada um dizia o que queria. E pronto.

— Tudo certo. Eu venho buscá-las.

— Quando?

— Só eu sei. E ninguém mais. Tenha elas prontas amanhã. Certo?

Ezequiel não respondeu. Conhecia o mercado. Mantinha-se vivo porque obedecia às regras.

Mais tarde, Barba Rala e Juca Sapato examinaram o material. Barba disse:

— Preciso testar as granadas. Uma delas, é claro. O Ezequiel não cometeria a loucura de vender arma fajuta. Mas o seguro morreu de velho... Você faz oito pacotes de dinamite com estopim e tudo. Amanhã a gente se encontra aqui mesmo. Tem que ser amanhã, porque do contrário não teremos outra chance tão cedo.

O teste da granada deu certo. Barba Rala arrancou o pino e jogou longe. A explosão foi medonha. Ezequiel nunca falhava. Era um homem de negócios muito sério. Confiável.

O plano era simples. Dependia apenas de um detalhe: o caminhão da entrega de gás. Aquele era o dia. Informação simples, obtida com um telefonema. Qual o dia da entrega de gás naquela região?

Vestiram os macacões da companhia de gás.

Numa pasta, Juca Sapato levava a dinamite. Barba Rala colocou as granadas no bolso. Era preciso cuidado, não fosse explodir tudo aquilo.

Aguardaram o caminhão.

Quando ele passou, saltaram com agilidade. Ficaram escondidos entre os botijões. O problema era descer no exato momento em que o caminhão parasse. O perigo eram os verdadeiros entregadores de gás, que estavam na cabine do caminhão.

O guarda abriu o portão. Nem olhou quem era quem.

Mal o caminhão parou, os dois pularam.

E calmamente se encaminharam para o prédio.

Sabiam o que fazer.

Os homens estavam trocando os botijões de gás. Eram seis. Dos grandes. Tão logo eles terminaram o serviço, Juca deixou, entre eles, um maço com oito bananas de dinamite. Colocou um estopim longo.

Depois entrou pela cozinha. Mais dinamite. Agora precisava ir para o outro lado. Ali os botijões de gás fariam o serviço.

Ouviu passos. Voltou para os botijões. E ficou lá, como quem trabalhava na remoção, embora o caminhão já tivesse partido.

Voltou para a cozinha. Queria chegar ao porão. Mas, no corredor, encontrou a mulher que o salvara. Ela parou, perplexa, olhando-o com espanto. Houve, entre eles, um longo minuto. Não esperava mais vê-la. Nunca mais. Por que estava ali? Uma surpresa. Não havia tempo para explicações. Ela falou:

— Estou fugindo. Desconfiam de mim. E tu? Te pegaram de novo?

— Não. Eu é que vim pegá-los. Estão todos aqui?

— Menos o doutor. Ele só vem mais tarde.

— Então trata de fugir. Não tenho tempo. Isto vai explodir daqui a pouco.

— Santo Deus. O que é que eu faço... Tem um paciente...

— Um só? Tira ele daqui já. Não me responsabilizo por mais nada. Me diz: quantos homens na segurança?

— Quatro.

— Armados?

— Armados. Dois na frente e mais dois nos fundos, guardando o quintal. Como é que não te viram?

Não respondeu.

Saiu correndo em direção ao porão. Ele estava aberto. Haviam tirado a tampa do alçapão. Não entrou. Era muito risco. Largou pelas escadas um rolo com vinte bananas de dinamite. O estopim era longo. O mais longo de todos. Riscou um fósforo e acendeu. Estava queimando bem. Voltou correndo para acender os outros estopins. Viu que a enfermeira estava saindo. Seu vulto preto confundia-se com outra pessoa. Era uma jovem. A última paciente. Teria tempo de salvar-se? Não sabia. Nem estava interessado. Afinal de contas, ela certamente teria recebido parte de um corpo saqueado. Era culpada... Nem por isso ele queria feri-la. Mas não podia pensar no assunto. Tinha pressa. O tempo corria.

Acendeu o último estopim.

Correu para os fundos. Barba Rala estava ali, esperando. Rígido. Não movia um músculo.

Alguém notara que havia algo estranho. Dois homens, vestidos de branco, aproximavam-se pelo corredor. Eram enormes. Os fantasmas. Eram eles. Os carniceiros.

Fez um sinal. Barba Rala arrancou o pino da granada e jogou. Aquilo rolou pelo chão do corredor, como se fosse um brinquedo.

Os fantasmas voltaram correndo.

A granada explodiu.

Nesse momento, ouviram-se tiros. Era a segurança.

Barba Rala jogou outra granada.

Juca gritou:

— Vamos sair. Vamos sair... a dinamite...

Barba Rala não se moveu:

— Vai você... vai logo... vai...

Não completou a frase. Curvou-se. O corpo estava caindo. Do peito o sangue escorria. Muito sangue.

— Barba, o que foi Barba?

Barba Rala sorriu e perguntou:

— É assim que a gente morre?

Curvou a cabeça para o lado.

Não respirava mais.

Juca tentou arrastá-lo para fora da casa. Não queria ver seu corpo voando pelos ares. Era o mínimo que podia fazer. Salvar o corpo. Foi levando de arrasto. Era difícil. Pesado. Chegou até o muro. Pegou as duas granadas, arrancou os pinos e jogou-as — as duas ao mesmo tempo — sobre a casa.

Deixou o corpo do amigo.

Depois pulou o muro e desapareceu.

Quando olhou para trás, viu um clarão enorme. Era como a erupção de um vulcão subindo para os céus.

Caminhou lentamente em direção à estrada.

Passavam bombeiros, ambulâncias, carros de TV — o mundo todo. Mas ele não via nada.

Caminhava em silêncio.

Não tinha rumo. Não tinha destino.

Agora estava só.

Completamente só. Mais só do que nunca.

E assim permaneceria — estava certo — pelo resto de seus dias.

O AUTOR

Nome completo
Plinio Cabral

★ 25 de agosto de 1926
✝ 13 de setembro de 2011

Filhos
5

Profissão
Escritor e advogado

Formação acadêmica
Bacharel em Jornalismo e Direito

Nasci numa terra distante, no Sul deste país, onde o trópico morre e o sol se põe cedo. As noites de inverno são longas, e o frio gela a própria alma, com o minuano batendo no corpo e rasgando a pele com suas lascas de gelo.

Nas noites frias do Sul, ao redor do fogo de galpão, é que se ouvem histórias e contos, invocando-se guerreiros antigos que galopam no pampa imenso, buscando sonhos e liberdade que morreram no coração indiferente dos homens da cidade grande.

Lá ouvi minhas primeiras histórias que reuniam fadas e estrelas, plantando na imaginação dos meninos os sonhos dourados de uma vida feliz.

Depois vim para o asfalto, ouvindo os ruídos mortais de uma civilização que transforma meninos em bandidos, deles sugando a própria alma e matando até mesmo a esperança.

Não esqueci, porém, minhas histórias, contadas ao som zunidor do vento minuano, que agora, noutras paragens e noutras linguagens, reproduzo, sem o vento frio do pampa e sem o fogo acolhedor dos galpões. São histórias de sofrimento.

Meu nome é Plinio Cabral. Meu ofício é contar histórias.

ENTREVISTA

Mesmo sabendo que Juca Sapato e Barba Rala cometiam certos delitos, com certeza você torceu por eles do começo ao fim desta história enigmática. Agora, vamos tentar desvendar alguns mistérios de seu autor?

Percebem-se denúncias sociais em sua obra. Você acredita que a literatura possa ter um papel importante na luta contra as injustiças sociais?
Sim. A literatura, através dos tempos, ao retratar a realidade, denuncia injustiças e atua como força mobilizadora para corrigi-las.

Juca Sapato e Barba Rala são heróis bastante incomuns, considerando-se sua origem e seu meio de vida. No entanto, o leitor sente uma empatia quase imediata por eles. Você poderia falar um pouco sobre o seu conceito de herói?
Juca Sapato e Barba Rala são heróis porque lutam contra as injustiças. O herói não é apenas aquele que a história oficial consagra. É também aquele que, vindo do próprio submundo, tem um conceito ético do que é o bem e do que é o mal e luta para corrigir injustiças.

De acordo com seu ponto de vista, a ética profissional dos médicos pode ser decisiva na inibição do comércio ilegal de órgãos para transplante? Que outros fatores poderiam contribuir para a extinção dessa prática?
A ética — a verdadeira ética — pode contribuir para resgatar o respeito social e preservar a integridade do homem e os valores humanos, que nos diferenciam da selvageria animal.

Nisso os médicos estão incluídos. Por que não? Certamente um maior respeito pela condição humana pode contribuir para extinguir práticas que colocam o lucro acima da própria vida.

Tendo falhado os mecanismos oficiais de segurança pública, Juca Sapato e Barba Rala resolvem agir por conta própria para acabar com a atuação da clínica de transplantes. Na sua opinião, a Justiça brasileira deixa de cumprir bem o seu papel? Por quê?

Não se trata apenas da Justiça brasileira. O Estado brasileiro é que faliu e não cumpre mais seu dever. Há um pacto social que delimita os deveres e as obrigações dos indivíduos e os do Estado representado pelo governo. A sociedade, trabalhando e pagando impostos, cumpre o combinado. Os governantes é que não fazem sua parte nesse pacto social, deixando a sociedade ao desamparo. Saúde, educação e segurança estão em situação deplorável, mostrando a falência total do Estado brasileiro.

O subtítulo de seu livro é *Uma história dos dias de hoje*. Trata-se de uma história triste. A vida atual, principalmente nas grandes cidades, pode ainda oferecer temas alegres para a literatura?

Sim, o livro conta uma história triste. Nossa vida é triste, e nela falta o ingrediente principal da própria vida: a esperança. É necessário resgatar a alegria de viver do nosso povo. Alegre ou triste, a vida de cada dia é sempre um tema para a literatura urbana de hoje.

SOCIEDADE
entre linhas e letras

O MISTÉRIO DOS DESAPARECIDOS
Uma história dos dias de hoje

PLINIO CABRAL

ROTEIRO DE LEITURA

Juca Sapato desaparece misteriosamente, assim como outros meninos de rua e moradores de favela. Mas, por se tratar de algo comum no ambiente em que vivem, a polícia não dá muita atenção ao caso.

Sensibilizados, a assistente social Ritinha, o escrivão Bobadila, o policial Pedrão e Barba Rala, amigo de Juca, decidem investigar os sumiços por conta própria, sabendo que terão muito trabalho pela frente. Então, inesperadamente, Juca Sapato reaparece e faz uma terrível revelação: estivera preso numa clínica com outros desaparecidos, que tiveram seus órgãos retirados e vendidos para transplantes. Mas a fuga de Juca acaba alertando o pessoal da clínica, que, no intuito de eliminar as provas de seus crimes, devolve a liberdade aos mutilados. Certos de que a polícia não tomará quaisquer providências com relação aos criminosos, Juca Sapato e Barba Rala decidem fazer justiça com as próprias mãos.

POR DENTRO DO TEXTO

Enredo e linguagem

1. Na ânsia de encontrar Juca Sapato, Barba Rala disse a Rita:

    "— Vamos falar com o Bobadila de novo. Eu conheço um tira da boa, que pode ajudar. É o Pedrão, lá da 57. A gente..."

    Em seguida, o narrador explica:

    "Mas não completou a frase. Há coisas que não se contam, nem para os melhores amigos".

    De acordo com os trechos acima, complete: Suspendendo a fala, Barba demonstrou achar prudente não entrar em detalhes sobre

    _____

    _____

2. Mantendo guarda em frente à casa suspeita, Barba Rala conseguiu anotar o número da placa de uma ambulância que estivera no local. Bobadila descobriu que o veículo pertencia a uma clínica importante, cujo dono era um médico famoso. Sobre esse fato, interprete as falas de:

    a) Pedrão, que, diante dessa descoberta, disse que estava tudo furado, pois a clínica era de *gente acima de qualquer suspeita.*

    _____

    _____

    _____

    b) Barba Rala, que, irritado, fez a observação de que não havia ninguém acima de qualquer suspeita e "quanto mais alto o galho mais podre a árvore".

    _____

    _____

    _____

    _____

3. Depois das descobertas que fez na clínica, Juca Sapato concluiu que tinha que agir logo, pois estava condenado à morte, "morte lenta, aos pedaços".
Assinale a melhor alternativa para a questão abaixo:
Esse modo de descrever a morte a que a personagem estaria sujeita pode ser entendido:

( ) somente no *sentido literal* das palavras, ou seja, a morte ocorreria em etapas, com a retirada de seus órgãos e outras partes de seu corpo.

( ) também no *sentido figurado*, pois o narrador quis transmitir a ideia de que tomar consciência da mutilação paulatina de seu corpo seria para a personagem como morrer aos poucos.

4. Inspecionando a clínica, os amigos confirmaram o que Juca Sapato lhes contara, porém, como todas as vítimas haviam sido soltas, as provas concretas não puderam ser obtidas. Embora o delegado dissesse a Ritinha que fariam uma investigação sigilosa, ela sabia que o assunto estava encerrado, ou seja, que não haveria investigação nenhuma.
Sobre essa passagem, responda:
Como se explica que a *opinião* de Ritinha tenha se tornado um *fato*?

_____

_____

5. Dê sua opinião sobre o final da história, analisando o fato de, após ter falhado a opção legal de justiça, Barba Rala e Juca Sapato terem feito justiça com as próprias mãos.

_____

_____

Personagens

6. Na descrição da personagem Ritinha (pág. 5), lê-se, entre outras características:

"E fazia valer direitos. Batia pé. Brigava. Ia longe, defendendo interesses que ninguém entendia, nem mesmo os meninos".

Responda:

Que interesses você supõe que seriam esses, que ninguém entendia?

_____

_____

_____

7. Ainda sobre a personagem Ritinha, o narrador diz: "Ritinha, que vivia por ali na regional, no posto de saúde, querendo ajudar sem ajudar ninguém".
Responda:

a) Tendo em vista a atuação da personagem, você concorda com essa fala do narrador?

_____
_____
_____

b) Mesmo sabendo que Juca Sapato e Barba Rala pretendiam fazer algo condenável pela lei (págs. 66 e 67), Ritinha não avisou Pedrão nem Bobadila, pois isso seria *dedurá-los*. O que ela conseguia da comunidade com esse tipo de atitude?

_____
_____
_____
_____

8. "Dona Gorda estava olhando de cima para baixo. Mas não dizia nada. Era muito sofrida e, para ela, uma desgraça a mais não fazia diferença."
Sobre essa descrição de Dona Gorda, responda:

a) Que desgraças poderiam ter acontecido a ela para que fosse tão sofrida?

_____
_____
_____

b) Você concorda com o narrador quanto à opinião de que, sendo a personagem tão sofrida, uma desgraça a mais para ela não faria diferença?

_____
_____
_____
_____

9. Assinale a melhor alternativa para a questão abaixo.

Um apelido pode caracterizar uma pessoa por uma particularidade física ou moral, o que é muito diferente de um nome, que identifica a pessoa como um todo. Assim sendo, no trecho "Barba Rala era o seu nome, que o nome verdadeiro já esquecera", o leitor pode entender que:

( ) esquecendo o próprio nome e usando o apelido como nome, a personagem demonstra não se sentir mais uma pessoa em sua totalidade.

( ) para a personagem, pouco importava o nome verdadeiro, de modo que o esquecera.

( ) tendo a barba pouco espessa, a personagem usava, sem nenhuma rejeição, o apelido como se fosse seu nome.

10. "Juca Sapato era pequeno. Baixinho e magro. Parecia ter 12 anos. Mas já passara dos 15 e pensava como gente grande. Era campeão em fugas de asilos, orfanatos e cadeias. Tinha uma qualidade especial: pensava."

Observe como o narrador enfatiza o fato de a personagem *pensar*. Pense você também e responda: O ato de pensar trouxe vantagens a Juca Sapato?

_____
_____
_____
_____
_____

11. Embora bandidos e ladrões se oponham a mocinhos e detetives em nossa sociedade, pelo fato de estarem os bandidos e ladrões fora e os mocinhos e detetives dentro da lei, na história tal oposição se neutraliza. Juca Sapato e Barba Rala, mesmo sendo ladrões, assumem na narrativa os papéis de mocinho e detetive e fazem com que o leitor torça por eles. Por que isso ocorre?

_____
_____
_____
_____

Tempo e espaço

12. Não se pode dizer que o tempo dessa história seja cronológico, pois os fatos ocorridos não estão colocados na sequência do calendário. O desaparecimento de Juca Sapato, que ocorreu primeiramente e desencadeia todos os demais fatos, está descrito na segunda parte do livro.
Que efeito narrativo o autor conseguiu com esse recurso?

_____
_____
_____

13. Há poucas descrições de espaço nessa narrativa. Porém, a descrição da clínica de recuperação é feita em detalhes no capítulo "Um encontro estranho", à página 43. Leia-a e levante uma hipótese que explique por que o autor "caprichou" nessa descrição.

_____
_____
_____

DO TEXTO AO CONTEXTO

14. Ao ser posto a par do desaparecimento de Juca Sapato, o delegado diz a Bobadila que a polícia não tem recursos — viaturas, armas, munição — para trabalhar. Forme uma equipe e, com perguntas previamente formuladas, tente marcar uma entrevista com um delegado para saber da real situação da polícia.

15. Nessa ficção, "meninos de rua desapareciam e apareciam todos os dias. Eram presos, eram soltos. Fugiam. Eram presos novamente. E às vezes morriam nas chacinas das gangues do tráfico de drogas. Ou, então, eram mortos por justiceiros".

Será que a realidade é diferente? Procure matérias sobre o assunto em jornais, revistas, na internet, exponha-as para a classe e, com seus colegas, selecione as melhores para montar uma exposição.

16. Debata o tema principal dessa narrativa com um médico convidado. Seria justo mutilar e matar pessoas pobres para salvar as ricas? Procure

obter o texto do juramento dos médicos para relacioná-lo à conduta do médico da história.

17. Promova uma discussão com a classe, se possível na presença de um advogado, sobre a situação de desamparo legal em que se encontravam as personagens dessa história e sobre a consequente decisão de Juca Sapato e Barba Rala quanto a fazerem justiça com as próprias mãos.

OUTROS TEXTOS, OUTRAS LINGUAGENS
(Vídeo, Jornalismo e Artes Plásticas)

18. O filme *Medidas extremas* (1996), com Hugh Grant e Gene Hackman, dirigido por Michael Apted, trata de um tema semelhante ao deste livro. Marque uma sessão de cinema com a sua turma, na sala de vídeo da escola, e depois façam uma comparação entre os dois.

19. A revista *Exame* de 16/02/2014 apresenta a reportagem "Tráfico de órgãos – uma tragédia silenciosa" (http://exame.abril.com.br/rede-de-blogs/brasil-no-mundo/2014/02/16/trafico-de-orgaos-uma-tragedia-silenciosa/). Procure ler esta matéria, associe-a ao livro.

20. Procure na internet uma reprodução da obra *América — 3ª parte*, do pintor Theodore de Bry, a qual retrata cenas de canibalismo indígena. Tente obter, se não essas, outras pinturas sobre o mesmo tema. Procure informações sobre a prática do canibalismo por índios e compare-a ao comportamento do médico da história lida, apontando as semelhanças e as diferenças entre eles.

ATIVIDADES INTERDISCIPLINARES
(Sugestões para Ciências e Artes)

21. Orientado(a) pelo(a) professor(a) de Ciências, faça uma pesquisa sobre o *clorofórmio*, seus efeitos sobre o organismo humano e seu uso na medicina.

22. Informe-se sobre os transplantes na atualidade — órgãos que são transplantados com sucesso, a frequência com que se encontram doadores etc. Procure também saber de uma lei sancionada pelo presidente Fernando Henrique Cardoso, em 4/2/1997, que entrou em vigor em 21/3/1997 (www.planalto.gov.br/ccivil_03/leis/l9434.htm), e que torna todos os brasileiros doadores de órgãos mediante autorização. Debata essa questão com a classe.

23. Monte uma peça de teatro, que aborde o tema do transplante de órgãos, ou adapte alguma cena da história para dramatizar com seus colegas. Você pode utilizar uma das cenas ocorridas na clínica de recuperação.

SUGESTÕES PARA REDAÇÃO

24. Após a atividade de pesquisa de matérias jornalísticas sobre meninos de rua (Do texto ao contexto), coloque-se "na pele" de um deles e escreva um texto falando do seu dia a dia.

25. Quando Barba Rala montou guarda em frente à casa suspeita, o narrador disse: "A noite passou lenta como todas as noites em que se espera algo que não acontece". Crie uma personagem para viver uma noite como essa. Dê asas à imaginação e narre-a com muitos detalhes.

26. Escreva um poema em que o eu poético seja um órgão a ser transplantado, que poderá salvar a vida de uma pessoa. Imagine o que sentiria e diria esse órgão.